光文社文庫

長編歴史小説

# 鳳雛の夢（上）

独の章

上田秀人

光文社

『鳳雛(ほうすう)の夢』上巻 独の章 目次

## 伊達氏略系図
（『寛政重修諸家譜』による）

藤原山蔭—中正—安親—為盛—定任—実宗—季孝—家周—光隆—朝宗（伊達氏の始祖）—宗村—義広—政依—宗綱—基宗—行宗（初行朝）—宗遠—政宗（大膳大夫）—氏宗—持宗—成宗—尚宗—稙宗—晴宗—輝宗—政宗—忠宗—綱宗—綱村—吉村……（下略）

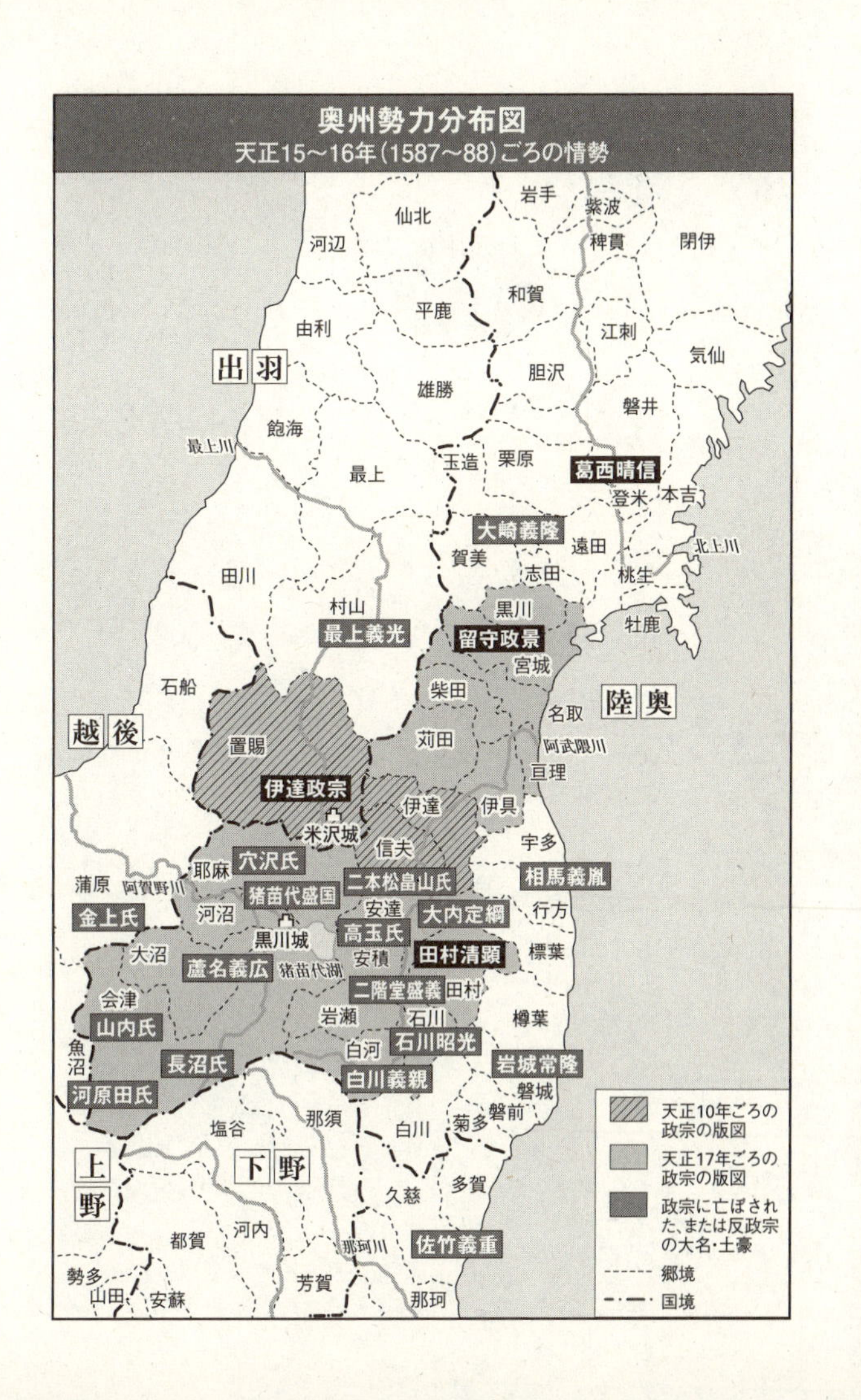
奥州勢力分布図
天正15〜16年(1587〜88)ごろの情勢
岩手
紫波
仙北
河辺
稗貫
閉伊
和賀
平鹿
由利
江刺
気仙
出羽
胆沢
雄勝
磐井
飽海
最上川
玉造
栗原
葛西晴信
最上
登米
本吉
大崎義隆
遠田
北上川
賀美
志田
田川
桃生
村山
黒川
牡鹿
最上義光
留守政景
宮城
石船
柴田
陸奥
名取
越後
置賜
苅田
阿武隈川
亘理
伊達政宗
伊達
伊具
米沢城
宇多
信夫
耶麻
穴沢氏
蒲原
阿賀野川
二本松畠山氏
相馬義胤
猪苗代盛国
金上氏
河沼
安達
大内定綱
行方
黒川城
高玉氏
大沼
田村清顕
標葉
蘆名義広
猪苗代湖
安積
会津
二階堂盛義
田村
岩瀬
石川
楢葉
山内氏
魚沼
白河
石川昭光
長沼氏
岩城常隆
白川義親
磐城
河原田氏
那須
菊多
磐前
塩谷
白川
上野
下野
久慈
多賀
河内
都賀
那珂川
佐竹義重
勢多
芳賀
山田
安蘇
那珂
天正10年ごろの政宗の版図
天正17年ごろの政宗の版図
政宗に亡ぼされた、または反政宗の大名・土豪
郷境
国境

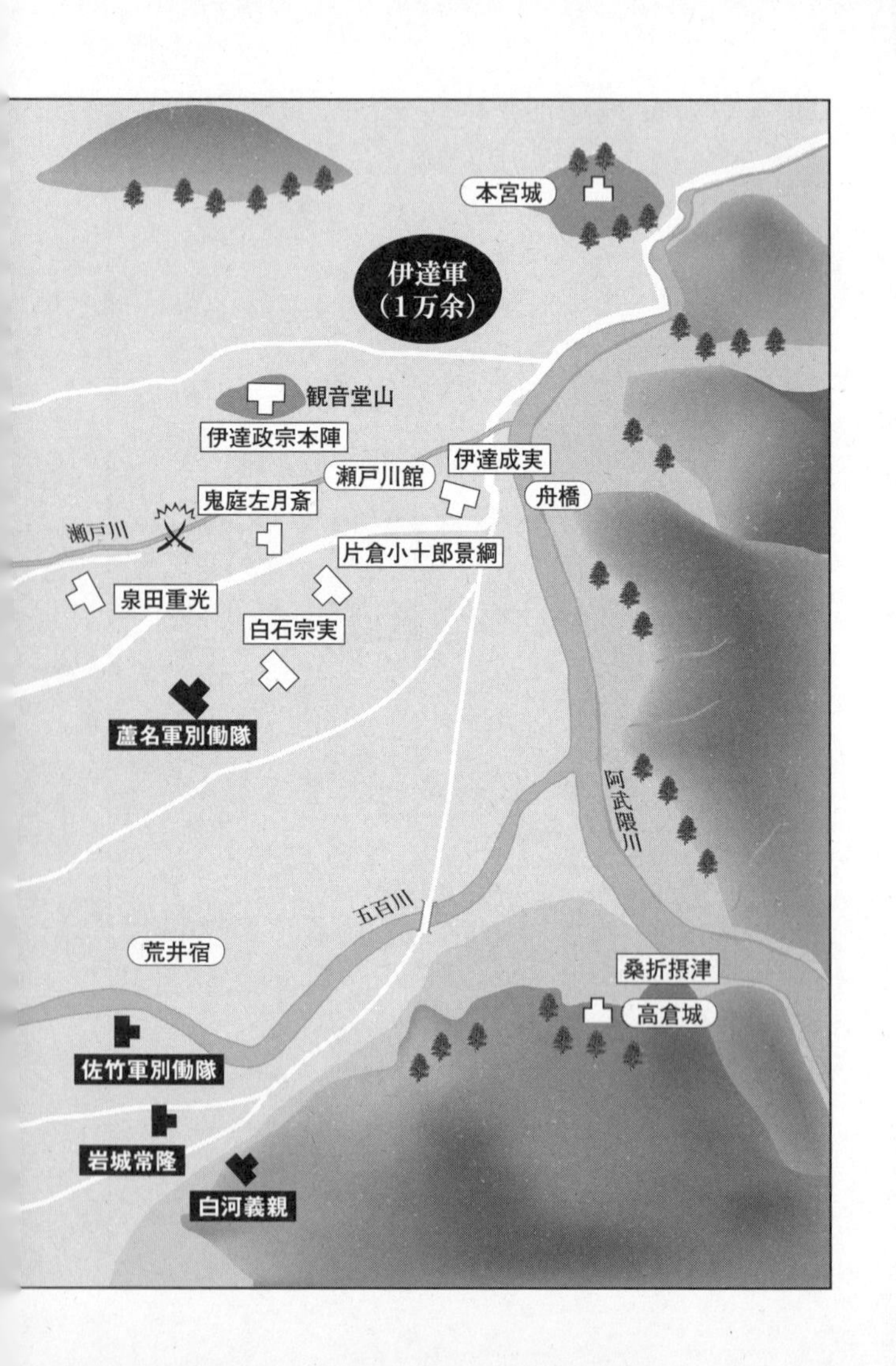
本宮城
伊達軍
（1万余）
観音堂山
伊達政宗本陣
伊達成実
瀬戸川館
舟橋
鬼庭左月斎
瀬戸川
片倉小十郎景綱
泉田重光
白石宗実
蘆名軍別働隊
阿武隈川
五百川
荒井宿
桑折摂津
高倉城
佐竹軍別働隊
岩城常隆
白河義親

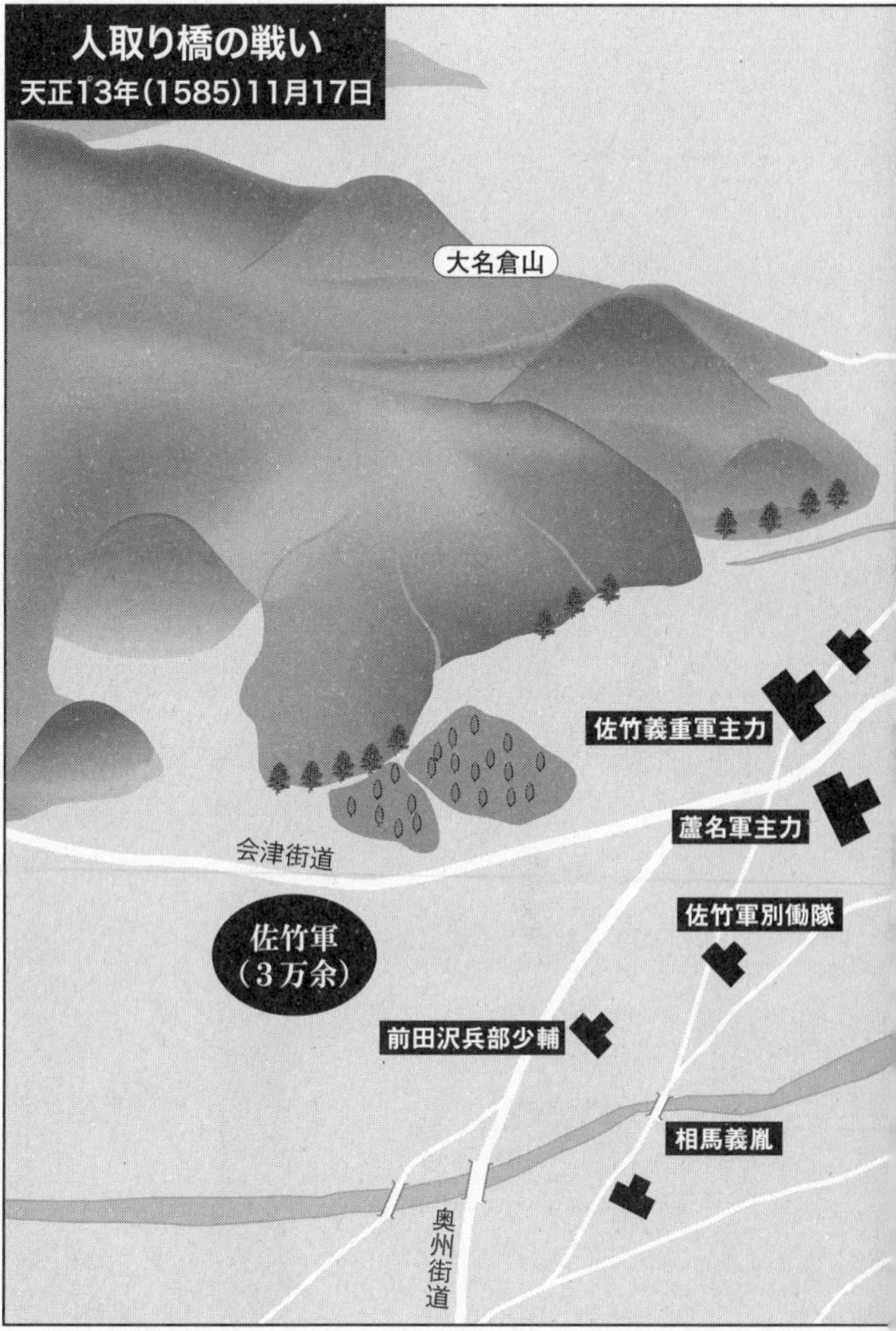

## 人取り橋の戦い

天正13年(1585)11月17日

# 鳳雛（ほうすう）の夢

——

上

独の章

# 第一章　竜の揺籃

## 一　奥州百景

「伊具は、伊達の先祖が血を流して手にした父祖伝来の土地である。この地を不義理にも奪い取った相馬を許すことなどできぬ。この伊達左京太夫輝宗が、姦賊に目にもの見せてくれようぞ。皆の者、手柄立てるは今このとき。命を惜しむな。名こそ惜しめ」

軍配を大きく振りあげて、輝宗が軍勢を鼓舞した。

「おおっ」

したがう兵たちが、気勢をあげた。

「丸森の城を落とす。一番乗りを果たした者には、望むがままの恩賞を取らせる」

輝宗が軍配を落とした。

「わあああああ」

褒賞を約束された将兵が、駆け出した。

丸森城は伊達家の傑物と言われた輝宗の祖父左京太夫稙宗が、伊具郡の要として築城した阿武隈川の南にある小山をまるまる使った要害である。

その丸森城が輝宗の宿敵相馬盛胤の手に落ちたのには、伊達家の内紛がかかわっていた。

第十四代稙宗とその嫡男晴宗が、争ったのだ。

ことの起こりは、稙宗の三男実元の養子縁組にあった。越後の上杉の跡継ぎとして、実元を出そうとする稙宗と反対する晴宗が、家中を二つに割って争った。

天文十一年（一五四二）六月、伊達家宿老の桑折景長、中野宗時らを味方につけた晴宗が蜂起、父稙宗を捕らえて桑折西山城へと幽閉した。しかし、稙宗も黙ってはおらず、相馬顕胤、田村隆顕ら娘婿を与力として再起、親子が相克する状況が七年にわたって続いた。

世にいう天文の乱である。

結局のところ、稙宗についた将たちを調略した晴宗が勝利を収めた。伊達家十五代当主となった晴宗は、稙宗を隠居させ丸森城へと押しこめた。傑物と言われ、十四男七女の子宝を、周辺の大名家へ婿入り、嫁入りさせて一大閨閥を作り、伊達家安定をなしとげた稙宗は、息子によって当主の座を奪われ、じつに死ぬまでの十七年を丸森城で過ごした。

その恨みを稙宗はとんでもない形ではらした。死後、稙宗は、丸森城とその周辺五カ村を、長女の嫁ぎ先である相馬顕胤へと譲ってしまったのだ。

こうして、伊達郡と伊具郡の境に近い丸森城を手にした相馬顕胤は、さらに小斎城、金山城を攻略、ついに伊具郡を我がものとした。

伊具郡を奪われた伊達の名は落ち、相馬の勢いが盛んとなった。機を見るに敏な国人領主の多くが伊達から離れ、相馬へと旗の色を変えた。

形勢有利となった相馬は、さらなる欲望をあらわにした。伊達領すべては、稙宗の娘が産んだ盛胤にこそ継承の権があると称し、国境を侵し始めたのだ。

晴宗の代は、相馬の侵略を防ぐのが精一杯であった。稙宗と争い、国を二つに割ったつけであった。

このままでは伊達がもたぬと、晴宗は若くして隠居し、嫡男輝宗へ家督を譲ることで、稙宗についた家臣たちを懐柔、ようやく伊達は伊具郡回復の兵を起こせるまでになった。

「放てえぇ」

丸森城から弓の一斉射が撃たれた。

「ぎゃっ」

伊達勢の先頭を走っていた足軽が、矢を受けて倒れた。

「かまうな、押し寄せろ」

将が叫び、地に転がった足軽を踏みつけて城へと迫る。

「鉄炮、放て」

轟音(ごうおん)が響き、号令を出していた将が魚のように跳ねた。

「おじけるな。鉄炮は続けて放てぬ」

別の将が、叫んだ。

京や大坂(おおさか)では、戦の主力となりつつある鉄炮だったが、奥羽(おうう)にはそれほど入ってきていなかった。あまりに高すぎるため、なまじの大名ではとても鉄炮隊を組織できるほど集められないからである。

　また一発撃ってから次発までときと手間がかかりすぎることも、威力の割に使い勝手が悪いと軽視される原因となっていた。

「取り付け」

　城門へと伊達勢が迫った。

「開けっ」

　目の前で城門が開き、なかから相馬の誇る騎馬隊が押し出してきた。

　相馬は代々伯楽(ばくろう)に長(た)けている。良馬を生産するだけでなく、臆病な馬を戦場で怖(お)じ気(け)づかさない調教技術ももっていた。相馬の騎馬隊は、武田(たけだ)家の騎馬軍団と並び称せられるほど強力無比として、奥羽にその名を響かせていた。

「押し返せ」

　門へといたる道一杯に並んだ騎馬が、伊達勢へと突っこんだ。

「うわああ」

　足軽たちが蹴散らされた。

「弓、弓」

輝宗の叫びも間に合わなかった。

騎馬隊に蹂躙(じゅうりん)された足軽たちが、逃げ出した。

「逃げるな、戻って戦え」

槍を振り回しながら叫ぶ伊達の将の言葉も、一度恐怖へ落ちた足軽たちには届かなかった。たちまち陣形は崩れた。

こうなってしまえば、戦は終わりである。

「ええい、情けない」

馬上で身をよじって、輝宗が歯がみした。

「殿。このままでは……」

一門でもある宿老留守政景(るすまさかげ)が、輝宗へ進言した。

「いたしかたなし。退き鉦(のきがね)を鳴らせ」

輝宗が命じた。

「またも落とせなかったか」

ぐずぐずしていれば、小斎や金山の城から相馬の援軍が来る。

得るものもなく、伊達勢は損害だけを受けて、撤退した。

伊達家は藤原氏の流れを汲む。初め常陸国に在していたが、源頼朝奥州征伐に従って功をあげ、伊達郡を賜った。

一時は伊達郡だけでなく、各地の地頭職を兼ねるほどの勢威を誇っていたが、乱世の余波を受け、今では伊達郡と信夫郡だけとなるほどに衰退していた。

相馬との戦いで負け続けている伊達家の評判は悪い。

「じり貧じゃ。見切りどきかの」

伊達家についている国人領主たちだけでなく、家臣のなかにも動揺が拡がっていくばかりであった。

「このままでは、いかぬ」

大きく輝宗が嘆息した。

悪いことばかり続いた伊達家の威勢は弱くなり、家中の雰囲気も暗い。

「気を変え、盛りあげていくためには、なにか慶びごとを催さねばならぬな」

輝宗が思案した。

頼朝以来の武家名門として、奥羽における伊達の名前は大きい。だが、守護大名として君臨していた名家が没落し、勢力を持った家臣や国人領主に取って代わられる戦国では、伊達の名跡など、いつ絶えてもおかしくはない。

家中の分散を押しとどめるため、祝いごとをおこなって将兵の士気を高めようと、輝宗は考えた。

「梵天丸の元服を早めるか」

輝宗がつぶやいた。

梵天丸とは輝宗と正室出羽の国主最上義守の娘義姫との間にできた嫡男である。永禄十年（一五六七）生まれで、この天正四年（一五七六）で十歳になった。

勝ち戦と並んで、跡継ぎの誇示は大名にとって重要であった。次の代があればこそ、譜代の家臣たちも忠義を尽くすのだ。未来のない大名には、誰もついてきてはくれない。

「早すぎましょう」

輝宗の発案は、宿老たちによって否定された。

「古来元服は、前髪を取り冠をつけるだけの儀式ではございませぬ。とくに武家での元服は、一人前の武士として、刀を取り戦場へ出向くことができるようになったとのあらわし。元服を終えられたとなれば、初陣もいたさなければなりませぬ。とても、今の梵天丸さまでは、戦に加わられますまい」

留守政景が反対の理由を述べた。

家中での梵天丸の評判はあまり芳しいものではなかった。

「大人しい」

「覇気に欠ける」

「思慮深い」

好意をもって見ている者もいたが、少数であった。

その原因は、五歳のおりに患った疱瘡にあった。高熱を発し、一時は命まで危うくなった梵天丸だったが、必死の看病を受けたおかげで、なんとか危機を脱することはできた。

しかし、疱瘡の跡が梵天丸の顔にあばたとなって残った。それだけなら、まだよかった。誰もが一度はかかる疱瘡である。跡を残した者は多く、さしたる問題とはならなかったからだ。梵天丸が不幸だったのは、疱瘡の毒が右目に入ったことにあった。梵天丸の右目は、疱瘡の毒で光を失っただけではなく、腫れによって、眼窩から大きくはみ出してしまった。

病の前が端正な顔立ちであったため、よりいっそう梵天丸の変化は、重く受け止められる結果となり、多くの人が態度を豹変させた。

とくにひどかったのが、生母義姫であった。

最初の子供であり、おなごのように色白くかわいかった息子が、人外の化けものの容貌へと変わってしまった衝撃は、義姫をして、梵天丸を排除する方向へと変化させた。

「なんともはや、醜き子じゃ。とても奥州探題を家職とする伊達の跡継ぎにはなれぬ」

病からやっと復帰したばかりの息子に義姫は近づこうともしなかった。

「竺丸が、おってよかったわ」

義姫は、梵天丸の後に生まれた弟竺丸へと愛情を移した。

周囲からの目が一変したことは、幼い梵天丸に大きな影響を与えた。なにより、無償の愛を与えてくれるはずの母親から忌避されたのが、こたえた。

容姿で差別を受けた子供が、どうなるかなど簡単である。梵天丸は嫌がられる顔を他人から隠すように、ずっとうつむいたまま目立たぬよう声も出さない子となった。梵天丸の態度が、荒々しい武者たちに受け入れられるはずもなく、家中での評判も悪くなる一方であった。

「あのように気弱では、とても戦場働きなどできまい」

誰もがそう噂するなか、一人輝宗だけは違っていた。

「武家の容貌など魁偉であればあるほどよい。一目で敵を威圧できてこそ、真のもののふ。性根などいくらでも鍛えていけよう」

輝宗は、梵天丸が病床から立ちあがるなり、師をつけた。

選ばれたのは禅僧虎哉宗乙であった。虎哉宗乙は、臨済宗妙心寺に属し、かの武田信玄の尊敬を受けた甲州恵林寺の住職快川紹喜の教えを受けた名僧である。

「拙僧未だ修行ならず、その任にふさわしからず」

要請を受けた虎哉宗乙は、当初固辞したが、何度と使者を送ってくる輝宗の熱意に負け、奥州へ下向、米沢資福寺の住職を兼ねながら、梵天丸の教育を受けもった。

「三年、お任せくださるならば」

虎哉宗乙が一つ条件を出した。

「よしなに頼む」

ときに余裕のない伊達であったが、輝宗は了承した。

米沢城で初めて虎哉宗乙と面会した梵天丸は、いつものようにうつむいたままであった。

「頭が重いか」

大名の子供であろうが、師として迎えられた以上弟子でしかない。虎哉宗乙が厳しいもの言いをした。

「…………」

「重いのは頭だけではないようだ。口も重い」

返事をしない梵天丸を、虎哉宗乙が笑った。

「…………」

それでもまだ沈黙している梵天丸へ、虎哉宗乙が追い打ちをかけた。

「尻まで重いか。愚僧が師となるに不満なれば、立ち去られよ。二度と愚僧は姿を見せぬ。そのかわり、城下で伊達の若は、なにもできずだるまのように座っておるだけの役立たずじゃと触れて廻(まわ)ろう」

「……ううっ」

梵天丸の口から嗚咽(おえつ)が漏れた。

「ほう、人並みに悔しいようじゃな。ならば、愚僧を睨みつけてみられよ」

煽(あお)るように虎哉宗乙が言った。

うつむいていた梵天丸が、顔をあげた。

「よい眼じゃ」

ふっと表情を緩めて虎哉宗乙が笑った。

「えっ」

久しく褒められたことなどなかった梵天丸は、驚いた。

「愚僧の顔が映っておる。愚僧を見てどう思った」

「痩せている」

「ふふふ。たしかにの」

梵天丸の答えに、虎哉宗乙が満足そうにうなずいた。

「ちゃんと見えているではないか。床しか見ておらぬゆえ、愚僧が瘦せているか太っているかさえわからぬのだ。一つの眼しかないならば、他人の倍見ればいい」

虎哉宗乙が告げた。

「でも、吾が見ると、皆嫌な顔をする」

ふたたび梵天丸は顔を伏せた。

「ほう。なぜ、嫌な顔をするのだ」

「吾が醜いからだ」

梵天丸は蚊の鳴くような声で答えた。

「……ついてくるがいい」

虎哉宗乙が立ちあがった。

「どこへ……」

戸惑う梵天丸のことなど忘れたように、虎哉宗乙は先へ進んだ。

「ここじゃ」

虎哉宗乙は、城下の寺へと足を踏み入れた。

「ご本尊を拝見いたす」

出てきた住職へ、一言断った虎哉宗乙が、本堂へ梵天丸を連れて入った。

「見よ、ご本尊、不動明王さまのお姿を」

言われた梵天丸が息を呑んだ。

不動明王は、口から牙を覗かせ、憤怒（ふんぬ）の表情で梵天丸を睨みつけていた。

「これが仏……仏とはもっと優しげなお顔をなさっておるのでは」

初めて見る猛々しい不動明王に、梵天丸は衝撃を受けていた。

「この仏さまは、不動明王さまと申しあげる。衆生（しゅじょう）を救う御仏とは違い、悪しきを追い払う降魔（ごうま）の仏。このような恐ろしげなお姿ではあるが、内にあるは、力なき衆生を慈しみ守るというお優しきお心なのだ」

ゆっくりと噛んで含めるように、虎哉宗乙が説明した。

あらためて梵天丸は、不動明王を見上げた。

梵天丸に十分なときを与えた虎哉宗乙が、口を開いた。

「不動明王さまと大名は似ておると思わぬかの。領民を守り、他国からの侵略を追い払う。外に悪鬼、内に慈愛」

はっと梵天丸は、虎哉宗乙へ顔を向けた。

「なんのために左京太夫さまが、戦を起こしておられると思うか」

「奪われた土地を取り返すためでございましょう」

問われて梵天丸は述べた。

「それもある。だが、真ではない」

「ほかになにが……」

わからないと梵天丸は首をかしげた。

「考えよ。そなたももう五歳であろう。年が明ければ六歳になる。七歳で家督を継いだ者もいるのだ。いつまでも守られる子供でおるわけにはいかぬ。なにより、そなたは伊達の惣領としてこの世に生を受けたのだ。守られる側ではなく、守る側なのだ」

ふたたび厳しく虎哉宗乙が告げた。

「守る側……」

「……………」

虎哉宗乙が無言でうなずいた。

「宿題とする。何日かかってもよい。今は、この不動明王さまのお姿をしっかり覚えておけばよい。あとをお願いしましたぞ、小十郎どの」

城からずっとついてきていながら、本堂にも入らず、静かに待っていた守り役へ、虎哉宗乙が声をかけた。

「好きなだけ、見させてやってくだされ」

学問の弟子である梵天丸に対するのと違い、ていねいな態度で虎哉宗乙が頭を下げた。

「ご懸念には及びませぬ」

小十郎が首肯した。

梵天丸の守り役の一人として選ばれた片倉小十郎景綱は、米沢八幡神社の神官の次男として弘治三年（一五五七）に生まれた。異父姉が梵天丸の乳母となったことで召し出され、輝宗の小姓を経て、守り役となった。

一人本堂に残った梵天丸は、日が暮れるまで不動明王と対峙していた。

「戻る」

ようやく梵天丸は立ち上がり、深く不動明王へ頭を垂れると、本堂を後にした。

「小十郎」

月明かりを頼りに歩きながら、梵天丸が呼んだ。

「なんでございましょう」

すぐ後ろにつきながら、小十郎が問うた。

「吾は醜いか」

「……醜うございまする。ですが、わたくしは、若についていきまする。若のなかにある志を信じておりまする」

一瞬の間を置いて、正直に小十郎が答えた。

「そうか」

うなずいた梵天丸は、そのあと城へ着くまで無言であった。

翌朝、虎哉宗乙の訪れを待っていた梵天丸は、挨拶もそこそこに答えを口にした。

「伊具は、伊達を守るための盾」

梵天丸は続けた。

「伊達郡は、伊達の本領。先祖代々が一所懸命に守ってきた土地。その伊達郡に接する各地が敵のものであれば、いつ攻め来られるかわかりませぬ。ゆえに、伊達の本軍へ敵を入れぬためには、その周囲を押さえていなければなりませぬ」

「ふむ。よく考えられた」

聞いた虎哉宗乙が満足そうに笑った。

「ならば……」

ほめた虎哉宗乙が言葉を続けようとしたことに、梵天丸は首をかしげた。

「伊具は伊達を守るためにどうなってもよいのか」

「えっ」

思ってもいなかった返しに、梵天丸は絶句した。

「戦場となる土地がどうなるか、知らぬわけはなかろう。軍勢が走り回ることで、田畑は荒れる。稔りの寸前に焼かれることもあるのだ。そのうえ、男は足軽に取られ、女は気が昂ぶった兵たちの慰み者にされる」

「慰み者とは、なんでございましょうや」

「ひどい目に遭わされるということよ。やれ、少し早かったか」

訊かれた虎哉宗乙が、苦笑した。

「とにかく、目も当てられぬ惨状だと思えばいい。伊達を守るための盾として伊具を取れば、こうなるのだ」

「…………」

「手に入れた伊具に住む者は、伊達家の領民ではないのか。違うであろう。伊達へ年貢を納めてくれる大切な民であろう」

「はい」

「その民を悲惨な目に遭わせる。伊達を守るためとならば、領民たちの恨みは厳しかろうぞ」

「ううう」

梵天丸が唸った。

「わからぬか。伊達を守るために伊具を取る。ならば、伊具を取るために……」

最後を虎哉宗乙が、梵天丸へ投げた。

「そのまわりを取る」

梵天丸は、述べた。

「そうだ。それを重ねていけば、領民たちを守ることはできる」

「師よ。それでは、天下を取るまで、終わりがこないのではございませぬか」

梵天丸は、すなおな疑問を口にした。

「伊達が、いや、そなたが天下を取れば、争いはなくなる。さすれば田畑も荒れず、人も無事、国も富む。年貢が増えるのだ、そなたの暮らしもよくなる。武将として究極の望みは、己の手で天下を一つにすることぞ。なにより、そなたを忌避する者がいなくなる」

「わたくしを嫌がる者がいなくなる」

小さな声で梵天丸は繰り返した。

「天下を取るには、相馬はもちろん、武田、上杉、毛利(もうり)などを相手にせねばならぬのだ。人並みのことをしていては、追いつかぬぞ。覚悟せい、梵天丸」

言ったとおり、虎哉宗乙の教育は厳しかった。

「五感を口にすることを許さず」

虎哉宗乙は、梵天丸にいっさいの弱音を禁じた。

「腹が空いた。眠い」

子供にとって、本能である食欲と睡眠欲を抑えるのは難しい。しかし、虎哉宗乙は、梵天丸が一言漏らすたびに、一日の座禅を課した。

禅僧の修行そのままに、虎哉宗乙が梵天丸を鍛えていった。

三年の講を終えた虎哉宗乙が、輝宗のもとへ伺候(しこう)した。

「どうだ、梵天丸は」

「拙僧が生涯をかけて育てるお方でございまする」

輝宗の問いに、虎哉宗乙が述べた。

「ならば元服をさせてもよいのだな」

「佳(よ)き日を選ばれて、なされればよろしいかと」

虎哉宗乙が同意した。

「よし」

力強く輝宗が首を縦に振った。

伊達の求める慶事だったが、周辺の事情は実行を許さなかった。相馬の攻勢が激しくなり、当主輝宗はもとより、一門の留守政景ら重臣たちは、休む暇もなくなった。

「非常時なれば、やむを得ず」

　ついに輝宗が決断し、天正五年（一五七七）一月十五日、相馬盛胤と信夫郡の杉目（すぎのめ）城を巡る戦いをおこなっている最中、梵天丸の元服がおこなわれた。戦場から輝宗だけが駆け戻り、祖父伊達晴宗、留守政景ら伊達家の重鎮を欠いた式は、少ない参列者もあいまって、静かなものとなった。

「…………」

　無言で片倉小十郎が梵天丸の前髪を切り落とした。

「めでたい。梵天丸をあらため、今後は伊達藤次郎政宗（とうじろうまさむね）と名乗るがいい」

「謹んで承って候（そうろう）」

　父輝宗の命に、梵天丸は一礼した。

## 二　膝屈伸身

　元服したことで、梵天丸は藤次郎と呼ばれるようになった。それ以外でさしたる変化はなかった。守り役片倉小十郎による武術の鍛錬、学師虎哉宗乙の講義と同じ日常が続いた。

伊達家の状況も同じであった。相馬家との争いは終わらず、当主伊達輝宗は伊具郡への出陣を繰り返していた。

そんななか、さらなる不幸が伊達家を襲った。藤次郎の元服からわずか一カ月、祖父、伊達晴宗が死去したのだ。

病を得て、藤次郎の元服にも参加できないほど衰弱し、居城の杉目城で療養を続けていた晴宗は、伊達家の跡継ぎが前髪を落とすのを待っていたかのように、目を閉じた。享年五十九。

実父稙宗と争っただけでなく、家督を譲った輝宗とも不仲で、伊達家衰退の原因を作った晴宗の死は、相反する大きな影響をもたらした。

一つは、当主輝宗と伊達家を二分していた晴宗がいなくなることで、家中の分裂を修復できるというものである。

相馬家と争っている今、内憂が取り除かれる効果は大きい。晴宗を支持する勢力、輝宗に従う諸将と、共に戦いながらも一致していなかった足並みが揃い、家中一丸となって、外敵へ立ち向かえる態勢を取れるのは大きかった。

問題は、もう一つのほうであった。

杉目城は伊達郡の南西を押さえる重要な拠点で、ここから東、相馬の本拠行方郡との境まで伊達の城はない。その城主が病没したのだ。当主輝宗に反発した晴宗のお膝元の将兵たちの意気が消沈するのは当然であり、それを見逃すほど相馬盛胤は甘くなかった。

「藤次郎を戦場へ出す」

杉目城から米沢へ戻った輝宗が述べた。

「承服いたしかねまする」

「拙僧もお止め申しましょう」

片倉小十郎と虎哉宗乙が反対した。

「まだ藤次郎が戦に出られるほど成長しておらぬとわかっておる。しかし、それでもせねばならぬのだ」

大きく輝宗が首を振った。

「父についていた者たちの気をあげてやらねばならぬ。今のままでは、ようやく一枚岩になった伊達が、存分な力を発揮できぬ」

「それをなんとかなさるのが、殿のお仕事でございましょう」

冷たく虎哉宗乙が突き放した。

「そんな悠長なことを申しておる場合ではないのだ。父に属していた者たちは、どうしても余への隔意がある。その点、父にかわいがられ、年に何度か杉目城へ顔を出していた藤次郎は違う。杉目の者どもも、藤次郎にならば喜んで従うであろう」

「でございましょうな」

ぬけぬけと虎哉宗乙が認めた。

「今の状況もわかっておるのであろう。我らが本拠である伊達郡の奥深くまで敵は踏みこんで来ている。伊具の丸森城を攻めつつ、杉目を守るのは、今の伊達にはできぬ。せめて杉目城だけでも、父の配下であった者たちで、防衛してもらわねばならぬ」

叫ぶように輝宗が言った。

「伊具などくれてやりなされ」

虎哉宗乙が宣した。

「なにっ」

「藤次郎どのが一人前の武将となられれば、伊具を取り戻すなど、赤子の手をひねるより簡単でござる。よろしいか。今は、伏竜(ふくりょう)を天へ登らせる日まで、揺籃(ようらん)のなかで守り、育てるときなのでございまする。無理に卵の殻を破れば、ときを得て天へ駆け上る竜を殺すことになりまするぞ」

驚く輝宗へ、鋭い声で虎哉宗乙が語った。

「ううむ」

うなった輝宗が、片倉小十郎へ目をやった。

「そなたはどうなのだ」

「ご無礼を申しあげまする」

控えていた小十郎が膝を進めた。

「今の藤次郎さまに、戦場は難しゅうございましょう。初陣をなさるには、肚(はら)も腕もまだまだかと存じあげまする」

「飾りでよい。そこに藤次郎がいるだけで」

「馬にも満足に乗られませぬぞ。万一、敗軍となって逃げねばならぬとき、藤次郎さまは足手まといとなりましょう。なにより、馬さえ御(ぎょ)せぬ将を見て、兵たちの士気があがるとは思えませぬ」

小十郎が否定した。

「お考えくだされよ、殿」

虎哉宗乙が小十郎のあとを引き継いだ。

「元服したとはいえ、まだ藤次郎どのは、十一歳でござる」

「……幼すぎるか」

「はい」

輝宗の確認に、虎哉宗乙が同意した。

「しかし、このままでは、伊達の本郡まで相馬のものとなりかねぬ。いかに竜であろうとも、巣を失えば、育つことさえできまい」

力なく輝宗が、嘆息した。

「よろしいか」

虎哉宗乙が、発言の許可を求めた。

「なんだ。妙手（みょうしゅ）でもあると言うか」

不機嫌な顔で輝宗が、虎哉宗乙を睨んだ。

「手を組まれてはいかがでござろう」

「誰とじゃ。今の伊達は、相馬、畠山、蘆名、最上、上杉らに取り囲まれている。まさに四面楚歌ぞ。そんな伊達家に誰が手を貸す」

輝宗が怒った。

「上杉は、自ら戦を求めたことはございませぬ。さらに蘆名には殿のお妹君が輿入れされておられる。そして殿のご正室は最上の姫。事実、この三家とは、ここ何年も争ってはおられますまい」

「……………」

虎哉宗乙の言葉を輝宗が黙って聞いた。

「実質、伊達の敵は、相馬と畠山。畠山の勢力はそれほど大きくはございませぬ。相馬と手を結んで力を合わせられれば面倒ではございますが、伊達にとって畠山一人ならば、どうにでもできましょう。問題は、やはり相馬」

「うむ」

大きく輝宗がうなずいた。

「その相馬へ影響を及ぼせる者はおりませぬかな」

「相馬へか。ううむ」

輝宗が思案に入った。

「それもあまり大きくなく、どこぞの大名と争っている者。もちろん、伊達と国境を接していなければなりませぬ」

条件をさらに虎哉宗乙が付け加えた。

「そのように都合のよい者がおるか」

厳しい条件に輝宗があきれた。

「もう一つ」

「まだあるのか」

「十歳前後の姫がおらねばなりませぬ」

「藤次郎の嫁とする気か」

意図に気づいた輝宗が、息をのんだ。

「さようでござる。本来ならば、上杉か、北条、南部あたりの姫をもらいたいところでございまするが、今を乗り切るにはやむを得ませぬ」

虎哉宗乙が告げた。

「そこまで考えてのことか」

輝宗が虎哉宗乙の策に感嘆した。

「一家だけある。この伊達の南の領主田村家だ。あそこには、藤次郎より一つ歳下の姫がおったはずだ」

「田村どのでござるか。どのような」

虎哉宗乙が、小十郎へ問いかけた。

奥州米沢へ来て、まだ三年、それも梵天丸こと藤次郎の教育に専念していた虎哉宗乙である。伊達家周辺の大名すべてを知り尽くしてはいなかった。

「先代隆顕どののおり、我が伊達家と安積郡の領有を巡って争った相手でございまする。決着がつかず、和睦となり、隆顕どののもとへ稙宗さまの姫が輿入れされ、伊達と姻戚になり申した。しかし、蘆名家ともめたことから、伊達家と距離を取り、今の当主清顕どのの正室に相馬顕胤の姫を娶っておりまする。一時は本拠田村郡以外に安積郡、安達郡、石川郡、岩瀬郡、磐井郡を押さえるほどでございましたが、昨今、二階堂、佐竹、白河らに攻められ、かつての勢いはございませぬ」

田村のことを小十郎が説明した。

「伊達と相馬、その両方と姻族とは。藤次郎どののために生まれてきたような姫じゃ」

満足そうに虎哉宗乙が、ほほえみを浮かべた。

「愛姫か……難しいの。清顕の一人娘だ。すなわち田村の惣領娘（長女）ということになる。田村の家名を継ぐ姫じゃ。婿に出すならまだしも、嫁としてもらうのは無理であろう。なにより、数年前まで、相馬とともに伊達へ敵対していたのだぞ」

「やってみなければわかりますまい」

虎哉宗乙が、輝宗の否定を早計だと言った。

「わたくしもそう考えまする。一時は相馬とともに、刃向かって参りましたが、昨今は違うようでございまする。かつてほど田村、相馬の仲はよろしくないかと」

続けて小十郎が述べた。

相馬家は伊達と対抗するために、二階堂や佐竹と手を組んでいた。その二階堂や佐竹らによって田村は侵食されているのだ。田村の要請を受ければ、相馬と二階堂や佐竹との同盟が潰れる。まだ伊達だけに集中したい相馬にとって二家との関係は重要であった。

「申し入れだけでもおこなってみるべきかと」

「そなたも藤次郎へ嫁取りをさせたいのか」

「御師とは、少し違いまするが」

輝宗の問いに、小十郎は首肯した。

「このままでは、若は、女を避けるようになりましょう。伊達の跡継ぎとしてそれは困りまする」

「義か……」

苦い表情を輝宗が浮かべた。

藤次郎が疱瘡を患い、醜い容貌となって以来、母である義姫は、嫡男を忌避し、次男を溺愛するようになっていた。

「我が姉もよろしくございませぬ」

小十郎も頬をゆがめた。小十郎の異父姉、喜多は藤次郎の乳母として仕えていた。伊達きっての猛将といわれる鬼庭良直を父にもつ喜多は、伊達の跡取りである藤次郎を厳しく傅育してきた。男を知らぬ喜多から、乳が出ることはない。抱きしめることも、乳房のぬくもりを与えもしない喜多は、藤次郎にとって甘えられる相手ではなかった。

「安らぎを与える者が要り用だと申すか。ならば、家臣の娘を側にあげればよかろう」

「命じられて閨に侍るだけの女に、なにができましょう」

輝宗の案へ、小十郎が首を振った。

「若は、我が身へ愛と情を注いでくれる女を求められておられまする」

「ふむ。女嫌いにしては、子ができぬか」

守り役として側に居る小十郎の意見を輝宗は無視できなかった。

「話がなりたたずともよいか。伊達から婚姻の申し入れがあったというだけで、田村と相馬の間に疑心も湧こうほどにな」

輝宗が許可を出した。


戦国の倣い、当主の決定とはいえ、周囲の状況を見すえなければ動くことは難しい。留守政景が、田村の本城三春へと派遣されたのは、天正六年（一五七八）の冬になってからであった。雪深い奥羽では、冬の行軍は困難を極める。使者としての資格を持つ伊達の一門で、鬼神のごとき戦働きをなす留守政景を相馬との前線から外し、田村へ向かわせるには、冬を待つしかなかったのだ。

「ご無沙汰をいたしております る」

田村清顕には、伊達の血が流れている。矛を交えてはいたが、同じ一門として、面識はあった。

「久しいな」

伊達家の使者を受け入れた田村清顕が、上座から挨拶を返した。

「今日は何用じゃ」

「愛姫さまを当家嫡男藤次郎政宗が正室として、ちょうだいいたしたく」

留守政景は、余分な言葉をつけず、そのままに告げた。

「なにを申すかと思えば……めごは、吾が一人子なり。他家へ出すわけにはいかぬ」

愛姫をずっとめごと呼び、かわいがっている田村清顕が拒んだ。

「家を継がせると言われるが、愛姫さまに婿どのを迎えられるまで、もちまするか」

「なにっ」

遠慮のない留守政景の言葉に、田村清顕が気色ばんだ。

「田村の家が潰れると申したか」

「ご自身がもっともよくご存知のはず」

留守政景がさらに言いつのった。

「無礼な」

「言わせておけば」

同席していた田村家の重臣たちが口々に留守政景を非難した。

「この者を成敗し、その首を小高へ届ければ、ふたたび相馬は田村へ力を貸してくれましょう」

重臣の一人が、田村清顕へ上申した。

「そのかわり、伊達は二階堂、畠山と組みましょうな」

飄々と留守政景が告げた。

田村の領土は、南を二階堂、北を畠山に挟まれていた。

「二階堂、畠山ともに、相馬と同盟しているのだ。伊達と手を結ぶはずはない」

首を取れと言った重臣が、鼻先で笑った。

「同盟するほどのことはございませぬな。ただ、田村を攻めるならば、伊達は手出しをせぬ。こう告げるだけでよろしかろう。いや、蘆名さまへ、田村領を折半いたしましょうと誘いかけてもよろしい。蘆名と伊達は親しゅうございまするので」

殺気だった田村の家臣たちのなかで、留守政景は淡々と語った。天正三年(一五七五)、蘆名家で跡取りの問題が起こったとき、伊達輝宗は、死去した先代盛興(もりおき)の後家となった妹彦姫(ひこひめ)を正室にした盛隆(もりたか)を応援、二階堂からの人質養子でしかなかった盛隆を蘆名家当主の座へつけることに成功していた。

「まだ言うか」

家臣の一人が腰を浮かせた。

「伊達を永遠の敵としたいのならば、されるがいい。虎哉宗乙どのをして、古来希(まれ)なると賞された藤次郎政宗の初陣の相手に田村がなるだけぞ。吾も藤次郎さまの礎(いしずえ)となるならば、光栄じゃ」

堂々と留守政景が、胸を張った。

「控えよ」

しばし無言でいた田村清顕が大声で制した。

「それほどの器か、藤次郎どのは」

不満そうな家臣たちを置いて、田村清顕が問うた。

「名乗りをご覧いただければおわかりになられましょう。代々将軍家の一字を偏諱としてもらう伊達家の習わしからはずれたお方。伊達家九代政宗の諱をそのままに使ったのは、中興の祖とたたえられる御先祖と並び称せられるだけの器量をお持ちとの証明」

留守政景が説明した。

事実は、藤次郎に一字を与えるはずだった足利十五代将軍義昭が、織田信長によって京を追われてしまい、許可を得られなかったためであったが、他家へ告げるわけはない。

「大膳大夫どのに匹敵するか」

田村清顕がうなった。

伊達家中興の祖と讃えられる伊達家九代大膳大夫政宗は、南北朝のころ、置賜を支配していた長井氏を滅ぼし、奥州伊達家の基礎を作った。また、鎌倉公方足利満兼が、置賜上納を求め、軍勢をよこしたのにも対抗し、結城満朝や上杉氏憲ら派遣の将を蹴散らして武名を高めた。二百年から前の話であるにもかかわらず、大膳大夫政宗は、今でも奥州の将兵の間で畏敬をもって語られる名将であった。

「政景よ。聞けば輝宗どのには、二人の男子がおられるというではないか。その一人を、吾が娘の婿としてもらえぬか。それでも田村と伊達の絆はできる」

「話を逆にすると……言われるか」

「どうであろう」

「なりたちませぬな」

あっさりと留守政景が、首を振った。

「清顕どのは、まだお若い。今後男子ができぬとも限りますまい。そうなったとき、伊達から来た婿はどうなりまするか。そのまま当主となされまするか。それとも……」

「ううむ」

見つめられた田村清顕が、口籠もった。

「もし、めごを嫁に出したあと、子供ができなければ、田村の家を継ぐ者がいなくなる」

「愛姫さまのお産みになられた男子を田村家へお返しいたしまする」

田村清顕の危惧へ、留守政景が答えた。

「最初の男子をくれると言うか」

「いえ。二人目になりまする。最初の男子は、伊達の惣領となるのでございまするゆえ」

留守政景が続いた質問へ首を振った。

「めごの子が伊達の惣領になるのか」

「さよう。田村の血を引いたお方が伊達の当主になる。そして伊達の血を引いたお方が、田村の跡継ぎとなる。まさに、両家は血のつながった兄弟となりまする。兄の危難に弟が駆けつけ、弟の窮地は兄が助ける。両家の絆はこれ以上ないものとなりましょう」

滔々（とうとう）と留守政景が語った。

「兄弟の絆か」

「殿、お待ちくだされ」

確認するようにつぶやいた田村清顕へ、重臣が制止の声をあげた。

「これは、伊達による田村支配でございまするぞ」

「そうだ、そうだ」

他の家臣たちも唱和した。

「…………」

騒ぎを留守政景は黙って見ていた。

「鎮まれ。このままでは田村の名が絶えかねぬのだ。相手が誰になるかは別として、めごに婿をとらねばならぬ。それはわかろうが」

「それは承知致しております」

最初に声をあげた重臣が首肯した。

「めごの婿を相馬からとろうが、佐竹からとろうが、その家の影響は避けられぬ。婿が田村の当主になるのだぞ」

「それはそうでございまするが……」

「ならば、それが伊達であって悪いという理由はない」

「家中より愛姫さまの婿をとれば、他家を怖れずともすみましょう」

「愚か者が。家中から婿を迎えれば、他の者どもはどう思う。そやつの風下に立つをよしとせぬとして、家中を二つに割るやも知れぬ。なにより、家中一丸となっている今でさえ、佐竹や二階堂に押されているのだ。家中が割れ、どこからも救いの手が出ないとなったならば、田村は滅びるぞ」

「……それは」

田村清顕の説得に、重臣たちの勢いがおさまっていった。

「一人娘を嫁に出すのは辛いが、吾が田村の血を伊達に入れると思えばよい。留守どのよ」

使者として来ている留守政景へ、田村清顕が礼をとった。

「この縁組、よろこんで承知いたしましょう」

「まことに重畳（ちょうじょう）とお慶び申しあげまする。さっそくに立ち戻りまして、主（あるじ）輝宗へ報告致しまする」

大任を果たした留守政景が、安堵の顔をした。

田村清顕の娘愛姫との婚姻を藤次郎が報されたのは、天正七年（一五七九）の春であった。

「妻を娶れ」

父輝宗から呼び出された藤次郎は、不意の一言に唖然とした。

「わたくしが妻を……」

「うむ。そなたも伊達の跡継ぎならば、その意味がわかろう。相手は田村清顕の娘愛姫じゃ。この冬には、米沢へ輿入れしてくる。心づもりを致しておけ」

伝えることは終わったと輝宗が、手を振って藤次郎に去れと命じた。

与えられた部屋へ戻ってきた藤次郎は、まだ呆然としていた。

「若、いかがなされたので」

小十郎が、藤次郎へ問うた。

「吾に妻ができる」

藤次郎はつぶやくように告げた。

「おめでとうございまする」

ほほえみながら小十郎が、祝いを述べた。

「めでたいのか、本当に。一度も見たことさえない相手ぞ。それも何度も伊達と矛を交えた田村の娘だというではないか」

「なればこそ、めでたいのだ」

そこへ虎哉宗乙が顔を出した。

「御師、どういう意味でございましょう」

藤次郎が訊いた。

「敵対していた田村から娘が嫁入りしてくる。これは、今後田村との間に戦がなくなるということである」

虎哉宗乙が述べた。

「それだけではない。伊達の戦に田村が力を貸してくれるのだ。味方が増え、敵が減る。この差は大きい」

「わたくしの婚姻は、戦の手立てだと」

言われた藤次郎が、厳しい顔をした。

「手立てのどこが悪いのだ」

藤次郎の前へ座った虎哉宗乙が、尋ねた。

「そこに想いはございますまい」

「ないな。確かに」

虎哉宗乙が同意した。

「想いなき夫婦の間に、生まれた子供は哀れでございましょう。父からも母からも愛おしんでもらえませぬ」

頬を大きく藤次郎がゆがめた。

「それは藤次郎のことだな」

「…………」

無言で藤次郎はうなずいた。

「ならば、なんの問題もないではないか」

「……どういうことでございましょう」

師の言葉に、藤次郎は首をかしげた。

「同じまちがいを繰り返さぬであろう、藤次郎は。嫁いでくる愛姫と比べてみよ。藤次郎には、儂(わし)もおれば、小十郎もおる。家屋敷も城もそのままじゃ。しかし、愛姫は違う。一度も来たことのないこの米沢へ輿入れしてくるのだ。父も母も側にはおらぬ。誰一人頼る者のいない他国へな。これも、伊達と田村の絆とわかっておればこそなのだ。嫁いでくる女の覚悟を、藤次郎は無にするか」

「……師」

「男と女など、どう出会おうがすることは一つ。共寝をして子を産み、育て、そして家を譲る。これを繰り返して人は続いてきたのだ。藤次郎、想いがないというならば、作れ、愛姫を想ってやれ。心細く異国の城へ、未だ見ぬ藤次郎へ嫁ぐ女を慈しんでやれ。さすれば、愛姫も藤次郎のことを想うてくれる。与えてもらおうとするな。与えよ。それが、人の上に立つ者の器量じゃ」

「想い、慈しむ」

藤次郎は繰り返した。

「吾が繰り返さねばよいのだ」

つぶやいた藤次郎へ、虎哉宗乙が満足げにほほえんだ。

天正七年冬、雪深い峠道をこえて、愛姫が米沢へ入った。

諸勢力の侵略に苦しめられていた伊達と田村の同盟でもある婚姻の宴は、両家の未来を託すかのように豪勢におこなわれた。

藤次郎政宗十三歳、愛姫十二歳、幼い夫婦の誕生であった。

# 三　初陣前夜

田村清顕の娘愛姫を迎え、米沢城は新たな普請に沸いていた。

「嫁を迎えれば、子もできよう」

伊達輝宗の指示で、藤次郎政宗と愛姫の住まいとなる館が米沢城の二の丸へ建てられることとなった。

「槌音というのはなかなかによいものでござるな」

いつものように講義をするため、藤次郎のもとへ来た虎哉宗乙が、挨拶代わりに述べた。

「うるさいだけじゃ」

藤次郎の機嫌は悪かった。

「どうかなされたのかの」

虎哉宗乙が、傅育役でもある藤次郎の側近、片倉小十郎へ問うた。

「婚儀以来、愛姫さまに会えぬので、藤次郎さまは、不満なのでございまする」

笑いを含んだ声で小十郎が答えた。

「そのようなことはない」

紅い顔で藤次郎が怒鳴った。

「ほうほう。それはそれは」

おもしろそうに虎哉宗乙が笑った。

「天地陰陽、男は女を欲しがって当然でござる。でなくば、子はできず、人は絶えてしまいますでな。恥じることではありませぬ」

「違うわ」

虎哉宗乙の話に藤次郎が反発した。

「吾のもとへ嫁いでおきながら、顔を見せぬというのが気に入らぬのだ」

「一度も会っておられぬと」

表情を引き締めて、虎哉宗乙が問うた。

「宴席で隣に座っただけじゃ」

藤次郎が告げた。

「見も知らぬ米沢へ参り、寂しい思いをしているのではないかと気にしてやったというに」

「結構な心がけじゃ。愚僧の申したこと、しっかり覚えていたと見える」

満足そうに虎哉宗乙が、うなずいた。

婚姻前、虎哉宗乙は藤次郎へ、かつての敵国へ妻とは名ばかりの人質としてやられる愛姫の心中をおもんぱかり、慈しんでやるよう諭(さと)していた。藤次郎は、それを実践していた。

「女子(おなご)は弱いからの。母は違うが」

横を向きながら藤次郎は呟いた。

小十郎と虎哉宗乙が、顔を見合わせた。藤次郎の母、最上義守の娘義姫は、嫡男を嫌い、次男竺丸を寵愛(ちようあい)していた。もっとも当主である輝宗との仲はよく、二男二女をもうけていた。

「しかし、みような」

義姫の話をすれば、藤次郎の心が波立つと知っている虎哉宗乙は、わざと大きな声を出した。

「たしかに、藤次郎より愛姫さまは一つ歳下。まだ子供と言ってもまちがいではない。身体ができておらぬゆえ、閨(ねや)ごとが早いと申すのはわかる。しかし、会わせもせぬというのは、いくらなんでもおかしい。夫婦としてだけでなく、人としてのつきあいができぬではないか。交流のない男女が、真の意味での夫婦となれるわけなどない」

「はい」

笑みを浮かべていた小十郎も難しい顔になった。

「訪ねてはいったのか」

藤次郎へ虎哉宗乙が訊いた。

「二度行った。二度とも愛の顔を見ることもできなんだわ」

「誰が、藤次郎を止めおるのだ」

「乳母(うば)だと申しておった」

「……乳母か」

虎哉宗乙が小十郎を見た。

「素性は知れておりまする……」

小十郎が口ごもった。

「申せ」

藤次郎が命じた。

「隠しておいたところで、いつか知れましょう」

助けを求めるような目を向けてくる小十郎へ、虎哉宗乙が促した。

「小十郎、申せ」

ふたたび藤次郎が求めた。

「乳母は愛姫さまの母君の婚姻に付いてきた相馬家の出にござる」

苦い顔で小十郎が告げた。

「なにっ。相馬の者だと。なぜ、そのような者が、この米沢の城におるのだ」

聞いた藤次郎が激した。

曽祖父稙宗のときには親しい姻戚であったが、その後伊達家と相馬家は伊具郡を巡って毎日のように矛を交える仇敵（きゅうてき）となっていた。

「愛姫さまの母君が相馬顕胤の娘だからであろうな」

淡々と虎哉宗乙が述べた。

「相馬の血を引く女を、吾の妻となすなど」

藤次郎が絶句した。

三代にわたって内紛を起こした伊達家は往年の勢いを失っていた。

一方の相馬は、伊達の力が弱まるのに対して、勢いを増してきた。とくに曽祖父稙宗の死後、伊達は相馬に押しこまれ、伊具郡だけでなく、本領である伊達郡まで侵食されるありさまとなっていた。伊達の誰もが相馬を不倶戴天の敵と認識していた。

「敵を城のなかへ招き入れたと同様ではないか」

愛姫には、乳母をはじめとする女房衆の他、田村家から数十人の侍が付いてきていた。数からいえば、たいした勢力ではないが、米沢城へ敵が来ているときに、裏切られでもすれば、いかに堅城といえどももたない。

「裏切られるとわかっていて、やられるほど藤次郎、そなたはおろかなのか」

虎哉宗乙が咎めた。

「それは……」

「いくらでも手を打てよう。数十人まとまっていればこそ脅威なのだ。愛姫付きとして米沢へ来た以上、伊達の兵である。どこへ配置するか、どう使うかは、殿あるいは、藤次郎の思うがまま。それこそ、矢玉よけとして、もっとも前へ出すこともできる」

冷徹な表情で虎哉宗乙が述べた。

「それでも相馬の血を伊達に入れるなど……」

言いつのる藤次郎へ、虎哉宗乙が筆を差し出した。

「書いてみるがいい。伊達と相馬のかかわりを」

「かかわり……」

藤次郎がとまどった。

「系図でよい。伊達は稙宗さまから、相馬は顕胤から」

虎哉宗乙に促されて、筆をとった藤次郎はすぐに気づいた。

「これは」

「わかったようじゃな」

虎哉宗乙が、眼差しを緩めた。

「厳しいことを言おう。愛姫どのを嫁にもらう前とは違うことも言う」

筆を手にしたまま固まっている藤次郎の背中を虎哉宗乙がなでた。

「相馬が掲げておる名分は、伊具郡は外孫である今の当主盛胤どのへ、伊達稙宗さまから譲られたというものじゃ。翻ってみれば、愛姫どのは、相馬顕胤どのが娘の子。すなわち稙宗さまの外曽孫よ。その愛姫と藤次郎の間に子ができれば、どうなる。ともに稙宗さまの血を引く夫婦の子よ。その上、相馬の血も入っておるとなれば、伊具郡の領有を主張しても、誰からも文句は出ぬ。すなわち、相馬盛胤どのの名分を無にできる。藤次郎、そなたの婚姻は、このためにおこなわれた」

「くっ」

藤次郎が唇を噛んだ。

「それが大名の婚姻というものだ。使えるものは敵でも飲みこむ。その度量と判断ができねば、数千におよぶ家臣たち、万をこえる領民たちを守ることなどできぬ」

「大名の子になど生まれたくはなかった」

「黙れ」

弱音を吐いた藤次郎を虎哉宗乙が怒鳴りつけた。

「人の生まれは天の配剤。誰も思うようにはできぬ。百姓には百姓の苦労があり、侍には侍の苦渋がある。喰えぬからと殺される赤子もおる。生きているだけでありがたいと思え」

「…………」

藤次郎はうなだれた。

「最初に申したはずだ。藤次郎、そなたはこの伊達から戦をなくすために生まれてきたのだと。不動明王のお姿をもう忘れたか」

虎哉宗乙の叱咤は続いた。

「戦をなくすには、天下を平定せねばならぬ。それがどれほど困難なものかわかるか。武士が生まれておよそ五百年、その間に天下を統一したのは、わずかに二人。源頼朝と足利尊氏だけぞ。京で始まった戦乱もすでに百年をこえた。武田信玄、上杉謙信、毛利元就、織田信長と名将でも、未だ乱世を治められておらぬ。そこへ割りこんでいくのだ。子供という言いわけなど使えぬと思え」

「…………」

何一つ藤次郎は言い返せなかった。

「藤次郎よ。生まれは選べなくとも生き方は自在にできる。もちろん、逃げ出すという手もある。竺丸にすべて押しつけて、世捨て人となるか」

「竺丸に」

一歳違いの弟竺丸は、病もせず健やかに母義姫のもとで成長していた。

「愛姫も竺丸のもとへいくこととなろうな、そうなれば」

「……愛が竺丸の妻に」

藤次郎は、愕然(がくぜん)とした。

「当然であろう。大名の子としての責務も果たせぬ者に、与えられるものなどあるまい。家督相続も一つの争いなのだ。戦いに敗れた者は、すべてを奪われる。これが乱世の決まりである」

厳しく虎哉宗乙が告げた。

「愛姫が惜しいか。ならばすべてに勝て」

「勝てばよいのか」

押しこまれた藤次郎は、気をふるって叫んだ。

「そうじゃ。武将とは勝つことに意義がある」

虎哉宗乙が膝をうった。

翌朝、小十郎を供(とも)にして藤次郎は、愛姫の宿泊所へと向かった。

「覚悟しておくよう」

藤次郎は、小十郎へ一言だけ告げた。

「お待ちくださいますよう」

廊下の端で、藤次郎は止められた。

「なんだ、夫が妻に会いに行くのになにか支障でもあるのか」

「愛姫さまは今朝からご気分が優れられず、本日のところはご面会をご遠慮いただきますよう」

慇懃(いんぎん)な態度で乳母が断った。

「先日も、その前も、気分が悪いとのことであった。体調がよくないならば薬師(くすし)を招かねばならぬ」

「それほどのことではございませぬ。少し休まれれば……」

「見舞おう」

乳母の言葉を止めて、藤次郎は前へ行こうとした。

「なりませぬ」

あわてて乳母が藤次郎の行く手をふさいだ。

「まだなにかあるのか」

「ご無礼ながら、若さまのお顔をお見せするほうが、かえって愛姫さまにはよろしくないかと」

嘲笑を浮かべながら乳母が言った。

「吾の顔が醜いと申すか」

「わたくしの口からは……」

乳母が横を向いた。

「そうか。この眼が気に入らぬか」

壮絶な表情で、藤次郎は乳母を睨んだ。

「小十郎」

「はっ」

黙って後ろで控えていた小十郎が、藤次郎の隣へ並んだ。

「この眼を任せた」

「承知つかまつりましてございまする」

小十郎が腰に差していた小刀を抜いた。

「な、なにを」

身の危険を感じた乳母が、後ずさった。

「ご免」

小刀で小十郎が藤次郎の右目を突き刺した。

「くっ」

藤次郎は歯を食いしばって、苦鳴を押し殺した。

「えいっ」

気合いをあげて小十郎が小刀を抜いた。小刀の先に、藤次郎の眼窩から飛び出していた右目が刺さっていた。

「若」

小十郎が小刀から目を抜いて、藤次郎へと捧げた。

「……う、うむ。吾が身より出ずるものなれば、吾が身へ返すだけ」

藤次郎は、右目を手にすると、一気に飲みこんだ。

「ひえっ」

あまりのすさまじさに、乳母が息を呑んだ。

「小十郎、刀を貸せ」

右目から流れる血を止めもせず、藤次郎は手を差し出した。

「はっ」

小十郎が小刀を逆手に持ち、柄(つか)を藤次郎へ向けた。

「これで満足であろう。吾の覚悟を見たならば、伊達の惣領は肚の据わった男であったと泉下(せんか)の顕胤へ伝えてこい」

「えっ」

言われていることが理解できないのか、間の抜けた顔をした乳母を藤次郎は一刀のもとに斬り伏せた。

「はくっ」

首の急所を断たれた乳母が、声にもならない末期(まつご)の息を漏らして倒れた。

「ひいいいい」

ずっと乳母と藤次郎のやりとりを見ていた愛姫付きの女中たちが悲鳴をあげた。

「鎮まれ」

藤次郎から血刀を受け取った小十郎が叫んだ。

「無礼があったゆえ、この者を藤次郎さまは成敗なされた。不満のある者は申し出よ」

「………」

一部始終を見ていたのだ。誰も異論を口にできなかった。

「愛（めご）に伝えよ」

怯えた顔でこちらを見ている女中たちへ、藤次郎は語りかけた。

「いかに無礼な振る舞いがあったにせよ、愛の乳母を斬ったのには違いない。どうするかは、そなたに任せる。吾は、いつでも愛の訪れを拒まぬと」

言い終えて藤次郎は、踵（きびす）を返した。

思いきった処断であったが、藤次郎の行動はおおむね好意をもって迎えられた。

「まさに将の器」

「吾が目を喰らうとは、なんと剛胆な」

相馬の侵略に手を焼いている伊達にとって、跡継ぎの武張り具合はなによりの薬であった。

「女を斬るなど、武将としてすべきことではない」

義姫のように苦い顔をする者もいたが、ときは乱世、明日の命さえ知れぬのである。

「小十郎が斬ったというなら、罰を与えねばならぬ。なれど、藤次郎がなしたなれば、それは伊達の名のもとにおこなわれたこと。異論は許さぬ」

虎哉宗乙から事情を聞いた輝宗が、藤次郎の行動を認めたことで、非難の声は消えた。

しかし、藤次郎と愛姫の間には深い溝ができてしまった。

己の乳母が藤次郎の容貌に難癖をつけた結果であると知っても、生まれたときから世話をしてくれた乳母を殺されたのだ。愛姫としては、納得がいかなくて当然であった。

一方の藤次郎にすれば、理はこちらにあると、信じている。ために、己から折れる気には毛頭ならなかった。母義姫への反駁(はんばく)を、同じ女である愛姫にも向けた。

こうして、婚礼から二年、藤次郎と愛姫は、互いを避けた。

「男と女の仲じゃ。共に身体が成熟すれば、やがて惹き合うようになるわ」

心配する留守政景ら重臣へ、輝宗が笑って首を振った。

「それより、そろそろ藤次郎の初陣をせねばなるまい」

元服を果たし、形だけとはいえ妻を娶ったのだ。残るは初陣である。

「初陣とならば、勝たねばなりませぬな」

留守政景が難しい顔をした。

武将にとって初陣の勝敗は、終生ついてまわった。初陣で負ければ、名前をあげるどころか、武神に見放されたと言われ、付いてくる者さえいなくなる。

「そこらの地侍（じざむらい）の討伐でもいたしまするか」

守り役の一人遠藤基信（えんどうもとのぶ）が、提案した。

「いや、それでは、伊達藤次郎政宗の初陣にふさわしくない。また、そのていどで満足しているようでは、周囲の国人たちにも見限られかねぬ」

輝宗が首を振った。

大名の跡継ぎの初陣には、かなりの準備がいった。介添え役として戦場での作法などを教える老練な家臣や、側について敵を討ち取る手伝いをする武芸巧者の選定だけではなく、神社仏閣へ参拝して陣立てに佳い日を占ってもらうなど、することは山ほどあった。初陣をと言い出して、数カ月から半年かかるのも当たり前であった。

そこへ、梁川城主伊達宗清、川俣城主桜田景親から注進が飛びこんできた。

「相馬と畠山、大内の三家、手を取り合って伊具郡へ侵攻。援軍をお願いいたす」

天正十年春、雪解けを待っていた相馬勢たちが、攻めこんできたのである。

「ただちに救援をいたす。軍勢を集めよ」

輝宗が号を発した。

近いうちに藤次郎の初陣をおこなうと触れていたのが幸いした。

伊達家次期当主の初陣にともなったとなれば、覚えもめでたくなる。いつもなら日和見をする国人領主たちも、藤次郎の器量を見きわめるため、兵を出した。

米沢城には二万近い兵が参集した。

「殿」

藤次郎の初陣だと気勢をあげる諸将たちに、留守政景が危惧を抱いた。

「相馬らは一万をこえる軍勢を出しておりまする。初陣にはいささか厳しいかと」

「だが、ここまで来てしまっては、どうしようもない。ここで負けるようならば、藤次郎にそれだけの将器がなかったとあきらめるしかない。どちらにせよ、梁川も川俣も失うわけにはいかぬのだ」

輝宗の決断で、藤次郎の初陣が決まった。

梁川と川俣からは矢のような催促が、連日やって来ている。

「陣立てを告げる」

米沢城大広間にあつまった諸将を前に、留守政景が輝宗の代理として立った。

「本軍一万をもって梁川へ向かう。梁川の敵を蹴散らした後、川俣へと進む」

留守政景が参加する将の名前を読みあげた。

「続いて、藤次郎政宗に三千の兵を預ける」

「はっ」

輝宗の隣に座していた藤次郎は、一礼した。

「別働隊は、板谷(いたや)峠をこえ、相馬方の金山城を突け」

金山城は丸森城の近くにあり、相馬家伊具郡支配の一角を担っていた。

「承知」

「片倉小十郎景綱、伊達成実、立花外記らを付ける」

「かたじけなし」

配下となる将の名前を聞いて藤次郎は、胸を高鳴らせた。

「出立は三月の二十九日といたす。こたびの戦は、相馬の力を削ぐだけではなく、藤次郎政宗の初陣でもある。一同、手抜かりないようにいたせ」

「おおっ」

輝宗の檄に諸将が応じ、軍評定は終わった。

すでに藤次郎の身体に合わせて鎧は作られていた。刀も父や祖父から譲られた業物が幾振りもあり、槍の準備もできている。

残るは、藤次郎の心だけであった。

「師よ」

初陣と決まってから、虎哉宗乙の講義は止まっていた。藤次郎は、小十郎も連れず、一人資福寺を訪ねた。

「どうした、気が逸るか」

書見していた虎哉宗乙が、藤次郎の様子を見て問うた。

「逸っておるのか、臆しておるのか、わからぬのでございまする」

藤次郎は正直に告げた。

「ふむ」

小さく唸った虎哉宗乙が、藤次郎をじっと見た。

「いくつになったか」

「十六歳でございまする」

藤次郎が答えた。

「武将として初陣をこなすに、十分な歳であるな」

虎哉宗乙が、うなずいた。

「そなたの不安は、人を殺すことへの恐怖から来ているのだ」

「……そのようなことはございませぬ。すでにわたくしは二年前、人を斬っておりまする」

臆病風に吹かれたわけではないと藤次郎は抗弁した。

「敵のことではないわ」

あきれた顔で虎哉宗乙が否定した。

「味方を死なせることに恐怖しておるのだろう」

「それは……」

藤次郎は詰まった。

「そなたの采配次第で、小十郎が、藤五郎が死ぬかも知れぬ。いや、預かった三千騎が全滅するやも……それが怖い」

虎哉宗乙が、藤次郎の手を取った。

「震えておる」

「くっ」

急いで藤次郎は手を引いた。

「恥じるな、藤次郎」

静かに虎哉宗乙が言った。

「それが人というものなのだ。敵には悪鬼よりむごく、味方には菩薩のごとく優しくなる。当然のことなのだ」

「……」

　藤次郎は聞き入った。

「ただ大名は、戦をせねばならぬ。戦では敵も味方も死ぬ。それが戦いというものだ。藤次郎にとってたいせつな者を死なせることもあろう。だが、それを怖れてはなにもできぬ。己の采配で家臣を殺すことになるのが怖い。ならば、誰かに采配を預けるか。それはならぬ。他人に己の仕事を、責任を押しつけるだけじゃ。人の立場というのは、代わってもらうことのできぬもの」

「どうすればよろしいのでございましょう」

　目を離すことなく虎哉宗乙が続けた。

　藤次郎は尋ねた。

「少しでも味方を死なさぬよう、考えよ。それでも死なせたならば、その者のことを生涯忘れるな」

「忘れるな……」

「それが将たる者の任じゃ」

「忘れませぬ」

　しっかりと藤次郎は復唱した。

「本来、戦というのはしてはいかぬものだ。人は死に、田畑は荒れ、女は犯される。何一つよいことはない。だが、この乱世では、避けて通れぬ。ならば、必ず勝つように準備をいたせ。矛を交えるばかりが戦いではない。調略も和睦も立派な戦ぞ。手を尽くせ、藤次郎」

「はい」

虎哉宗乙の言葉に、藤次郎は首肯した。

# 第二章　四面楚歌

## 一　初陣

ようやく雪深い奥羽(おうう)にも春が訪れた。

「出陣」

藤次郎政宗は、父伊達輝宗から与えられた軍配を大きく振った。

まっすぐ相馬氏らの侵攻を受けている梁川城へ向かった本隊と分かれて、藤次郎率いる別働隊三千は吉日を選んで、米沢城を発ち、南東へ進んだ。

「若殿よ、気は逸(はや)っておられぬか」

老練の部将立花外記が、馬を並べてきた。

武将の初陣には、かならず先達役を務める経験豊かな将がつけられた。立花外記は、伊達の戦に何度も参加し、向こう傷の数なら誰にも負けぬと豪語する勇猛な武将であった。

「落ち着いておる」

藤次郎は、胸を張った。

「その強がりが逸っておるというのでござる。いくら慣れた古参の者でも、これから戦に出向くとなれば、気が落ち着きませぬ。死ぬやも知れぬのでござるからな。しかし、若殿は、落ち着いていると仰せられる。わざわざそう口にせねばならぬほど、浮ついておられるのでござる」

立花外記が首を振った。

「…………」

言い当てられた藤次郎は黙った。

「男と生まれた限り、戦で手柄を立てたいと思うのは当然でござる。気も逸ります る。また、戦の恐怖に心震えましょう。どれも恥じることではありませぬ。堂々と逸り、震えなされ。これを初陣でやっておかねば、のちのち困りますぞ」

諭すように立花外記が言った。

「怖ければ遠慮なく小便を漏らしなされ。初陣での垂れ流しは、誰も笑いませぬ。ただし、二度目からは侮られますゆえ、戦場で小便を漏らすのは、今回だけでござるぞ」

大きく笑いながら立花外記が、馬を先へ走らせた。

「相変わらず、立花さまは遠慮がございませぬな」

後ろに控えていた片倉小十郎があきれた。

「ふん。だが、気楽になったのは確かだ」

藤次郎は外記をかばった。

「しかし、若殿へ向かって小便を漏らせなど……」

小十郎が憤った。

「戦場で上品なもの言いもできまい」

笑いながら藤次郎は肯定した。

「小十郎、そなたはどうだ」

やはり初陣となる片倉小十郎へ、藤次郎は訊いた。

「震えておりまするとも」

「おまえでもか」

藤次郎は驚いた。子供のときから守り役としてついている小十郎が、おびえたところなど、藤次郎は見た覚えがなかった。

「人は、初めてのことに不安となるものでござる。もっとも、わたくしは、戦の恐ろしさより、若殿の初陣にお供できるほうが、うれしゅうございまする」

「うれしいと申すか」

「はい。若殿さまの天下平定は、ここから始まるのでございまする。これが、震えずにおられましょうか」

小十郎が鎧を鳴らして身震いした。

「そうか。喜びでも人は震えるのか」

小さく息を吐いて、藤次郎は肩の力を抜いた。

「では、わたくしはお先に」

一礼して小十郎が、藤次郎の側を離れた。

小十郎は五百ほどの兵を率いて、藤次郎たちより先発することになっていた。これも藤次郎の初陣を無事にすませるための準備であった。

伊達家が部隊を二つに分けたことなど、とうに相馬方へ見抜かれていた。そして別働隊を率いているのが、今回初陣となる藤次郎政宗だということも知られていた。相馬としては、伊達の惣領息子の初陣に土をつけられれば、今後の状況をかなり有利とできる。本隊ではなく、相馬が別働隊へ兵を向けることは十分考えられたし、伏兵を板谷峠あたりに潜ませ、奇襲に出てくるおそれもあった。

「気をつけよ」

「はっ」

一礼して、小十郎が馬を前へ出した。

「よろしいので」

やはり今回が初陣である一門の伊達藤五郎成実が、馬を寄せてきた。

「なにがだ」

「片倉どのも初陣でございましょう」

伊達藤五郎が経験のない小十郎を危ぶんだ。

「ふん」

藤次郎は、鼻先で笑った。

「小十郎ぞ。吾が傅育役なのだ。抜かりあるはずもなかろう」

寵臣への信頼を藤次郎は口にした。

「はあ」

「おぬしもおなじであろうが」

気のない返事をした伊達藤五郎を藤次郎は見つめた。

「父が吾の初陣に、藤五郎をつけたのはなぜだと思う。そなたなら、吾を支えるに足りると父が思えばこそぞ。外記にも言われたが、吾に小便を漏らさせるようなまねはしてくれるな。頼みにしておるぞ」

「畏れ入りましてございまする」

伊達藤五郎が顔を紅潮させた。

「我らも進むぞ」

藤次郎が命じた。

「なにごともなかったようだな」

「伏兵らしきものは見えませぬ。地の者にも問いましたが、武者の姿は一人も見ておらぬ、とのことでございまする」

板谷峠の上で待っていた片倉小十郎が報告した。

「相馬め、本隊に決戦を挑むつもりか」

輝宗の率いる一万は、伊達の全軍に等しかった。藤次郎の将来を見越して、多くの地侍が兵を出してきたとはいえ、本来の家臣ではなかった。戦況次第では、あっさりと相馬へ旗を変えかねないのだ。戦場で裏切られるほどたちの悪いことはない。輝宗は、信用のおける譜代だけで、相馬の侵略に向かうしかなかった。そのうちから、さらに三千を藤次郎のために割いたのだ。梁川で敗北を喫すれば、伊達の命運は尽きる。

「梁川でぶつかるであろう伊達と相馬方の兵力はほぼ互角。押し切れると考えておる相馬に思い知らせてくれようぞ。全軍進発」

伊達と相馬の領土を分ける板谷峠をこえて、藤次郎率いる伊達家別働隊は侵攻した。

板谷峠をすぎれば、相馬方の金山城は目の前であった。

「本隊より通達。梁川城を包囲する相馬方と対峙。別働隊は、すみやかに金山城へ攻撃を加えられたしとご当主さまの命でございまする」

本隊よりの伝令が、藤次郎へ伝えた。

「承知」

うなずいた藤次郎は鐙（あぶみ）の上へ立ちあがって、続いている三千の将兵へ呼びかけた。

「伊達と相馬は二代にわたって争いを繰り返してきた。その因果に、結着を付けねばならぬ。足利将軍家より奥州の探題（たんだい）を命じられた伊達へ、刃向かう相馬は逆賊である。奥州の安寧を取り戻すために、この一戦こそ肝心である」

藤次郎の言葉を、三千の将兵が静かに聞いた。

「また、吾が初陣でもある」

ゆっくりと藤次郎が、兵たちを見回した。

「ここに誓おう」

藤次郎が太刀を抜いた。

「吾が初陣の供をしてくれた者どもを決して忘れぬと。そして、者どもも目に焼き付けよ。後々の語りぐさとなすがよい、伊達藤次郎政宗の初陣をな」

「…………」

将兵たちが、藤次郎を見上げた。

「勝つのは、我らぞ」

「おう」

三千の将兵が応じた。

「ひともみに押しつぶすぞ。かかれ」

藤次郎は馬上から号令を発した。

金山城は、阿武隈川の南、こんもりと盛りあがった丘の上に相馬の家臣井戸川将監が造った。空堀と土塁、野積みの石垣を備え、千人以上の兵を駐屯させることのできる規模を誇っていた。

「ござんなれ」

金山城から迎撃の兵が出てきた。

阿武隈川の川岸で両軍は激突した。

相馬の兵は勇猛果敢をもって知られていた。騎馬の武将を守るように数名の足軽が随伴しながら、突っこんできた。

「弓隊、放て」

先陣を任された伊達藤五郎が右手をあげた。

弦音を立てて、百近い矢が相馬勢目がけて飛んだ。喰らった足軽が倒れるなか、兜を目深に被り、籠手(こて)を胸の前で重ねて、相馬武者は矢を弾きながら進んでくる。

「槍隊、腰おろせ」

弓隊が退き、代わって足軽が前へ出た。槍の石突きを地面へ突き立て、腰を落とし、槍を斜め上へと構えた。

駆けてくる騎馬兵へ槍の穂先をそろえることで、その勢いを止めようとした。

騎馬兵の恐ろしさは、馬体の重さにあった。もちろん、高いところから突く槍の威力も侮れなかったが、なにより人の数倍からある馬による足軽隊の蹂躙(じゅうりん)こそ脅威であった。

たった一頭の馬が暴れこんだだけで、整然と並んでいた足軽隊の陣形は、あっさりと崩れた。足軽の多くは、戦のごとに徴用される百姓である。武将のように戦慣れもしていなければ、肚も据わっていない。一度崩れてしまうと、それまでであった。死への恐怖に染まった足軽たちに、味方の将の言葉は届かず、そのまま敗走することもままあった。

「鉄炮を」

藤次郎が命じた。

関東以西で使われていた鉄炮が、ようやく奥州にも入り始めていた。伊達家も伝手(つ)(て)を頼って、高価な鉄炮を手に入れていた。といったところで、伊達家全体でやっと数十挺(ちょう)しかなく、藤次郎の別働隊に与えられたのは、わずか十挺しかなかった。

その虎の子を藤次郎は遣った。

「騎馬武将だけを狙え。互いに目標を決め、被らぬようにいたせ」

「はっ」

言われた弓足軽頭が、十人の鉄炮足軽を率いて、前へ出た。

鉄炮の必中距離は弓よりも短い。また、鎧を撃ち抜くとなれば、かなり近づかなければならなかった。

「外記」

「なんでござるか」

藤次郎の後ろに控えていた立花外記が、近づいた。

「鉄炮隊を守ってやれ。恐怖を持ったままでは、あてられまい」

「承知」

立花外記が後備えとして残していた兵から二十名ほどを割いて、鉄炮隊の周囲へ配した。

「狙え。放て」

弓足軽頭の合図で、鉄炮が轟音を発した。

「うがあああ」

数人の騎馬武者が落ちた。

「あたりは三つか。もっと練度をあげねばならぬ」

見ていた藤次郎が呟いた。

「なにより、次まで手間がかかりすぎる」

後ろへ一度退いた鉄炮隊が、筒掃除を始めたのを見て、藤次郎は嘆息した。

「続けええ」

それでも騎馬武者が欠けた穴ができた。伊達藤五郎が突撃した。

敵味方が入り乱れた。

「藤五郎を死なせるな」

大きく軍配を前へ突き出し、藤次郎は前進を命じた。

「押しつぶせ」

「機を逃すな」

立花外記と、片倉小十郎が、率いている兵を鼓舞して進軍した。

相馬の兵が強くとも、数の差はいかんともしがたかった。五倍以上の兵力をもつ伊達が、相馬を圧倒し始めた。

「いける」

有利に展開しているとの余裕、喊声(かんせい)、戦場独特の雰囲気、藤次郎は知らず知らず、興奮していた。

「押せ、押せ」

狂ったように藤次郎は軍配を振った。

阿武隈川の河原から、戦場がじりじりと城側へと移動した。

「武者首獲ったり」

伊達藤五郎が、功名を叫んだ。

「おうりゃあ」

立花外記の槍が相馬の足軽をまとめて串刺しにした。

相馬勢の先陣が崩れた。

「退けっ」

中央を進んでいた相馬の将が馬首を翻した。

「わあああ」

敵に背を向ける恐怖で、相馬の足軽たちが泣きわめき、手にしていた槍を放り投げて走り出した。

相馬の陣形の真ん中が空いた。

「続け」

先陣の前進とともに進んでいた藤次郎は、思わず馬の腹を蹴った。

「若殿」

あわてて馬回りがしたがった。

敗走する敵を討つほど楽なことはなかった。本来鎧というものは、真正面から戦うときの防備であって、逃げ出す守りとしては薄かった。

「わあああ」

気合いにならない声をあげた藤次郎は、目についた足軽の背中を槍で突いた。

「ぎゃああ」

足軽が苦鳴をあげて倒れた。

「次」

藤次郎は倒した足軽へ一瞥をくれただけで、足も止めなかった。

「行け、行け、行け」

頭に血がのぼった藤次郎は、前だけしか見えなかった。

「いかぬ」

最初に立花外記が藤次郎の異変に気づいた。

「若殿、落ち着かれい」

大声で注意を喚起したが、戦場の騒音にかき消された。

「ええい、邪魔をするな」

出ようとした立花外記は、まとわりついてくる敵兵で身動きできなかった。

「追え、藤五郎……ちっ」

藤次郎に近い伊達藤五郎を頼ろうとした立花外記は、舌打ちした。

伊達藤五郎もやはり戦に酔って、槍を振るうことに熱中していた。

「小十郎」

立花外記が、喉も破けよとばかりに叫んだ。

「りゃあ」

槍をつけてきた足軽を、突き返したところだった小十郎の耳に立花外記の声が届いた。

「なにか」

顔を向けた小十郎は、しきりに槍を前へ振っている立花外記に気づいた。

「前……藤次郎さま」

状況を把握した小十郎が真っ青になった。

「どけ」

小十郎が槍を振って、群がる相馬の足軽を払った。

「若殿さまの後を追う。吾に続け」

馬の前に立ちふさがった相馬の足軽を蹄にかけて、小十郎が駆けた。

「もう少しで追いつく」

藤次郎の目には、背を見せる相馬の武将しか見えていなかった。いつのまにか、馬回り五、六騎だけで、突出していることにも気づかなかった。

「よき手柄ぞ」

逃げてくる味方を収容しようとしていた金山城の兵たちが、きらびやかな鎧を纏った藤次郎の姿を見つけた。負けて落ちている士気をあげるのに、名のある敵将の首ほどの妙薬はない。

「血祭りにあげろ」

城門を開いて、二十騎ちかい金山の兵が出撃した。

藤次郎にとって幸いだったのは、退いてくる相馬勢と絡み合っていたことだ。誤射を怖れた金山城勢は、弓も鉄炮も遣わず、軍勢だけで対処しようとしてくれた。

「おおおおお」

金山城の新手が、鬨の声をあげながら迫った。

ここにいたってようやく藤次郎は、己が深い追いしすぎたことへ思いいたった。

「しまった」

藤次郎は手綱を引いて馬を止めた。

「若殿、急ぎ陣へ」

馬回りの若武者が、藤次郎へ言った。

「うむ」

うなずきながらも、藤次郎は動けなかった。近づいてくる相馬勢の迫力にのまれてしまっていた。

「ちっ。若殿を頼む」

同僚へ言い残して、馬回りが二人、相馬勢へと立ち向かった。

「わあああ」

一瞬、相馬武者の勢いを止めたが、二人の馬回りは、たちまち敵のなかへ飲みこまれてしまった。

「ああああ」

目の前で討ち取られた味方の末路に、藤次郎は愕然とした。

「お早く、今のうちに」

残った馬回りが急かした。

「若殿」

呼ばれても藤次郎は、反応しなかった。敵を殺したときに感じなかった嫌悪が藤次郎をとらえていた。

その間にも相馬勢は距離を詰めてきていた。

「ご武運を」

残っていた馬回りが、藤次郎の馬の尻を叩いた。

「わっ」

不意に動いた馬に、あわてて藤次郎はすがりつき、自陣のほうへと進み出した。

「この先は行かさぬ」

馬回りたちが槍をしごいて、相馬勢を待ち受けた。

「生きなされよ。若殿には三千の軍勢すべてがかかっておるのでございまする。そして、どうぞ、奥州を手に」

振り返ることなく馬回りが、叫んだ。馬回りたちが、命を捨てて、わずかなときを稼いだ。

「…………」

藤次郎は応えられなかった。

「残るはあいつだけだ」

抵抗を排除した相馬勢が、藤次郎へ向かって来た。

「死、死ねぬ」

突出した藤次郎へ付いてきた馬回り全員の願いを捨てることはできなかった。

藤次郎は逃げた。

馬回りの犠牲は無駄にならなかった。

「吾こそは、伊達藤次郎政宗である。金山の叛賊(はんぞく)ども、槍の錆(さび)にしてくれるわ」

大音声が響き渡った。

「小十郎」

藤次郎は、駆けつけてくる片倉小十郎を認めた。

「なにっ。伊達の惣領だと。これは得難き手柄じゃ」

「雑魚(ざこ)など放っておけ」

相馬勢の矛先が片倉小十郎へと向きを変えた。

片倉小十郎は藤次郎の身代わりとなって、敵を引きつけた。

「若殿から離すぞ。者ども死ねや」

片倉小十郎が槍を振った。

「おう」

伊達の兵たちが勇んだ。

初陣ながら、片倉小十郎の戦い振りは鬼神のようであった。槍を縦横に遣い、近づいてくる相馬勢を突きまくった。

「若殿を討たせるな」

周囲の兵たちも、片倉小十郎をよく守った。

「両目がある」

近づいた相馬騎馬衆の一人が、片倉小十郎の顔を間近で見て、息をのんだ。

「こやつ、伊達の……」

最後まで片倉小十郎は言わせなかった。槍の柄で騎馬衆の兜をしたたかに殴りつけた。

「ぐえっ」

兜ごしに頭を殴られれば、その衝撃で脳が揺さぶられてしまい、身体が言うことをきかなくなる。落馬した相馬騎馬衆の一人は、片倉小十郎の槍で喉を突かれ、最期を遂げた。

「若殿、こちらへ」

左翼の敵を蹴散らした立花外記が前進し、逃げてくる藤次郎を陣中へ保護した。

「緒戦としては十分な成果じゃ」

兵たちの動揺を避けるため、立花外記が大声で述べた。

「敵の先陣を蹴散らし、若殿は城の大手まで達せられた。見事なる勝利」

藤次郎へ立花外記が話しかけた。

「しかしながら、兵たちは長旅のうえ、戦いをおこない、いささか疲れも見えまする。ここは、一度陣形を立て直し、あらためて城攻めをなさるべきかと」

立花外記が進言した。

「退き鉦（のがね）を鳴らせ」

茫然自失（ぼうぜんじしつ）している藤次郎に代わって、立花外記が命じた。

戦場に甲高い鉦の音が鳴り渡った。

「……よし、もう一あてして、退くぞ」

鉦を聞いた小十郎が、残っている兵たちへ言った。

「承知」

兵たちが首肯した。

退き戦ほど難しいものはなかった。相手に背を見せるだけでなく、気も戦から離れ、高揚も失っている。そこを突かれれば、大軍といえども、少数の敵によって手痛い目に遭う。

片倉小十郎は、槍の穂先をそろえ、あえて前へ出た。

「突けええ」

「わあああ」

相馬兵たちが、勢いに押された。思わず数歩後ろへ下がった。

「今ぞ。者ども退却じゃあ」

馬首を翻して、片倉小十郎が戦場を離脱した。

「止めよ。城へ戻って、殿へ援軍を求めよう。城を落とさせてはならぬ」

釣られて後を追おうとした兵を、相馬の将が止めた。

「伊達藤次郎政宗、侮り難し若武者よ」

相馬の将が、片倉小十郎の引き際の見事さに感嘆の声を漏らした。

陣中へ復帰した片倉小十郎は、馬から飛び降りて藤次郎のもとへ、急いだ。

「若殿、ご無事か」

立花外記の心遣いで、陣幕のなか、藤次郎は一人でいた。

「………………」

藤次郎は、無言で顔を伏せた。

「側近くにいてくれた者が、死んでしまった」

小さな声で藤次郎は呟いた。

「聞こえる……」

兵たちが大声で喜び合っているのが、陣幕をこえて伝わっていた。

「伊達は勝った。だが、吾は負けた」

藤次郎の目から涙が落ちた。

「見ろ、小便も出ぬ」

鎧を外して、藤次郎は縮こまった一物を見せた。

「戦とは、恐ろしいものよ」

伊達藤次郎政宗が震えた。

## 二　連戦

伊達藤次郎政宗の初陣となった金山城は、二十丈余りの丘全体を使った縄張りで小城ながらなかなかの要害である。

大手門は、城の三の丸へしか繫がっておらず、そこから本丸へはいくつもの防御がもうけられている。また、進軍しようにも、道は狭く、大勢で押し寄せることはできなかった。

そして、緒戦に敗退した金山城勢は、伊達側の挑発にものらず、籠城(ろうじょう)を決めこんでいた。

「全軍を大手門へ集め、一気に突破する」

膠着(こうちゃく)した戦況に、藤次郎はいらだった。

「逸られるな」

初陣である藤次郎の先導役としてつけられた立花外記が、諫めた。

「しかし、金山城を落とさずば、父上の率いる本隊との合流ができぬ」

藤次郎は、叫ぶように言った。

この度の戦で、伊達輝宗は伊具郡北部から相馬の影響を排除するつもりでいた。そのため輝宗は現在伊達家が動員できるすべてを出している。負ければ後はない。別働隊である藤次郎率いる三千の役目は、相馬方の後詰めである金山城を攻略し、その勢いをかって梁川城を囲んでいる相馬方の背後を襲うことであった。

相馬の兵は強い。

伊達の内紛につけこんだとはいえ、その領土の多くを奪い取り、今も侵略を続けている。

奥州探題として覇を誇った伊達家も、今や伊達郡と伊具郡の一部を領するだけになっていた。そして相馬は伊具郡を完全に支配するため、一万五千という大軍をもって伊具における伊達の根拠梁川城へと進軍してきた。

梁川城を失えば、伊具郡は相馬の手に落ち、次は本貫地である伊達郡が狙われる。なにより、伊達では相馬に勝てぬとの評判を立てられれば、国人衆たちの離反は避けられなくなり、伊達郡でも一揆や反乱が始まる。伊達にとって、伊具郡は本貫地を守る最後の盾なのだ。なんとしても守りきらなければならなかった。

「そのとおりでござる」

藤次郎の言葉に、伊達藤五郎成実が賛意を示した。

「金山城など、三千の兵をもってすれば、なにほどのこともございますまい。古来、城攻めには三倍の兵がいるとされて参りましたが、今回は、金山城の五百に対し、我が方は三千。じつに六倍でござる。わたくしめに先陣をお任せくだされば、このていどの小城など、ひともみにしてごらんにいれましょう」

藤五郎が意気軒昂に名乗りをあげた。

「無理を言われる」

興奮する藤五郎に比して、片倉小十郎は落ち着いていた。

「金山城を攻めのぼる道は狭うござる。二人並ぶのが精一杯でござろう。先頭に二人しか立てぬのならば、人数の多寡など意味をなしませぬ」

「ううむ」

厳しく指摘されて藤五郎は唸った。

「そうではないぞ、小十郎」

黙って聞いていた立花外記が口を出した。

「三日もあれば、城を落とすには十分じゃ」

「そうか、できるか」

ぐっと藤次郎は身を乗り出した。

「ただし、三千の兵をほとんど失う覚悟が要りようでござるがの」

立花外記が淡々と口にした。

「くっ……」

藤次郎は黙った。

「金山を落としたところで、こちらの残りは千足らず。殿の救援に向かうとしても、奪った金山の守りに三百は残さねばなりませぬ。となれば、出せるのは七百ほど。それで、相馬の背後を突くなどできますまい」

冷たく立花外記が述べた。

「梁川を攻めている相馬へ援軍が届かぬようにすることこそ肝心」

「しかし、それでは本軍が……父は三千もの兵を割いて吾につけてくれたのだ。このままでは……」

「若」

立花外記が語気鋭く遮った。

「戦場で決して口にしてはならぬ言葉がござる。それくらい若はご存じのはずじゃ。それとも虎哉宗乙師は、そのようなことも教えなんだか」

「……わかっておる」

負けると言いかけていた藤次郎は、立花外記の指摘に落ちこんだ。

「初陣での功は、自慢になりませぬぞ」

お膳立てされた初陣での功績は、己の力ではないと告げて立花外記が立ちあがった。

「藤五郎どの、ちと兵たちを見て回ろうぞ。気を抜いておらぬかどうか。夜襲など喰らっては恥でござる」

「承知」

一門である伊達藤五郎成実をていねいに誘って、立花外記が陣幕の外へと出て行った。

「やれ、言いっぱなしで、後始末を押しつけられるとは」

見送った小十郎が苦い笑いを浮かべた。

「どういうことだ」

聞きとがめた藤次郎は問うた。

「なにを焦っておられまするので」

藤次郎の質問には答えず、小十郎が逆に訊いた。

「吾が焦っている……」

言われて藤次郎は啞然とした。

「先日のことがそれほど堪えられたのか」

「うっ」

突かれた藤次郎は、詰まった。

「近習たちを失った責を、手柄でごまかそうとされるな」

「ごまかそうなどとはしておらぬ」

藤次郎は反発した。

「ただ吾は、あの者たちの死を無駄にしたくはないのだ」

「すでに無駄ではござらぬ」

「どういうことだ」

小十郎の言葉に藤次郎は食いついた。

「近習たちは、負け戦を防いだのでござる」

忌み句を堂々と小十郎は口にした。

「よろしいか。どれだけ兵が残っていようとも……そうたとえ一万の将兵が無事であったとしても、ただ一人大将が討ち取られれば、戦は負けなのでござる。三千ほどの織田上総介信長が五万と号した今川を桶狭間に破ったのも、今川治部大輔義元を討ち取ったからでござる。昨日の戦いも、若が討ち取られていれば終わりだったのでござる。それをあの者たちが防いだ。決して無駄死にではござらぬ」

「……吾を守ることが、役目」

「いかにも。突き詰めていけば、伊達すべての兵は当主をお守りするためにござる」

「吾にそれだけの価値があるのか」

「ござる。大将とは兵の心の拠り所なのでござる。いや、軍勢そのもの。それをお忘れになられるな。大将が無事ならば、軍はいくらでも立て直せまする」

きっぱりと小十郎が断じた。

「浅慮であった。すまぬ」

「わたくしに詫びてどうなると。若が詫びねばならぬのは、死んでいった者たちでもござらぬ。残された家族たちに若は詫びねばなりませぬ」

小十郎が言った。

「当主を失った家は、困窮いたしまする。跡継ぎがおればそのまま家は残されるとはいえ、与えられた禄は取りあげられ、元服するまでは捨て扶持だけになりまする。さらに跡継ぎがいなければ、家は絶え、妻や母など遺されたものは、それぞれの実家へ帰り、片身の狭い一生を過ごすことになるのでござる」

「…………」

藤次郎は肩を落とした。

「どうすればいいのだ」

「それをわたくしに問われまするか」

あきれた顔で小十郎が述べた。

「若がご自身で、戦の前に仰せられたはず。決して忘れぬと」

言われて藤次郎は思い出した。

「忘れぬとも」

「それでよろしいのでござる。若が覚えていてくださる。それだけで兵たちは死ねまする。たとえこの身は戦場の露と消えようとも、若が遺された子や妻をないがしろにはされぬ。そう信じられれば、兵は強くなりまする」

小十郎がうなずいた。

「わかった」

大きく藤次郎は首肯した。

「では、金山の城をどうすればよいかおわかりでございましょう。殿は、伊達の兵を信じておられまする。なればこそ、この度の戦に地侍どもを組みこまれなかった。地侍たちは譜代の者と違いまする。戦で死ねば、それまでなのでござる。家臣同様に面倒を見ることはございませぬ。よって恩がない」

「それで地侍どもは、伊達についたり相馬へなびいたりするわけか」

「はい」

「譜代の兵だけならば、父は負けぬか」

「いかにも」

「ならば、このまま陣を保っていてもよいのだな」

「なさるおつもりなどございますまい」

赤子のときから仕えている小十郎に、あっさりと藤次郎は見抜かれた。

「吾はどうしても勝ち戦にしたい」

藤次郎は、真剣な眼差しで小十郎を見つめた。

「わけを聞かせていただけましょうな」

小十郎も見つめ返してきた。

「報いてやりたいのだ」

小さな声で藤次郎は告げた。

「吾の失敗で命を落とした者たちへな。戦は勝たねば意味がない。負け戦で得るものはなにもない。領地を得ねば、主君は家臣の功へ報いてやることができぬ。相馬に侵された伊具の地を少しでも取り返せば、死した者へ褒賞を与えてやれよう」

「けっこうでございまする」

満足そうに小十郎がうなずいた。

「ならば、どこを落としまするか」

「外記が申したとおり、力押しにして兵を失うのは愚策。金山ほど堅固ではなく、相馬にとって失えば痛い城」

「それは……」

「金津城よ」

藤次郎が宣した。

金山城よりも金津城は、伊具郡の奥深くにある。梁川城への押さえとして相馬が造った城というより砦に近い規模でしかない。しかし、伊達にとっては、喉へ刺さった小骨のように邪魔なものであった。

「金津の守将は朝比奈十兵衛でございましたな」

小十郎が思案に入った。

「兵は二百ほど。もっとも今は梁川で相馬と殿が対峙しておられるゆえ、もう少しおりましょうが、城の規模から考えて精々三百」

「吾もそう思う」

「落とすのにさほどの苦労は要りますまい。ただ問題は……」

「相馬の本軍だな」

「はい」

大きく小十郎が首を縦に振った。

相馬の本軍が陣を敷いているところから、金津城まではさほど離れていなかった。

「金津城を攻めたはいいが、相馬の本軍に来援されては、ひとたまりもございませぬ」

「なのだ。なんとか相馬の本軍を金津から離すことはできぬか」

藤次郎は問うた。

「……我が本軍と相馬は、未だ矛をかわしておりませぬな」

「その報は聞いておらぬ」

確認を求められた藤次郎は答えた。

「ならば、相馬に退く理由を与えてやればよろしいかと」

「どうするというのだ」

「明日、もう一度金山の城を攻めまする。もちろん、落とすわけではございませぬ。

さよう、大手門を潰すくらいでよろしゅうございましょう」

「………」

小十郎の策を藤次郎は黙って聞いた。

「そこで一度兵を下げ、金山城から離れまする」

「……相馬の本軍へ助けを求めさせるつもりだな」

「ご明察」

満足そうに小十郎が言った。

相馬にとって金山城は伊具郡支配の要(かなめ)である。ようやく見えてきた伊達郡侵攻の足がかりとしても、相馬は金山城を見捨てるわけにはいかなかった。

「なれど、相馬は我が本軍と睨み合っておりますれば、そう簡単に動くことはかないますまい。また、数も多く、すばやく対応もできませぬ。その隙を利用して、我らは北上、金津の城を目指しまする」

「よし。子細は任せたぞ、小十郎」

藤次郎は、軍配を握りしめた。

翌昼、藤次郎率いる三千の軍勢が、一気に大手門へと押し寄せた。狭隘な山道を利用して作られた埋門でもある金山城の大手門は堅固であったが、同時に守るほうの攻撃もしにくい構造となっていた。

「押せ、押せ」

矢を防ぐ盾を持った足軽に守られた破城隊が、近くの山から切り出した丸太を大手門へとぶつけた。

「防げ、防げええ」

必死に矢を撃つ城側だったが、さしたる効果をあげなかった。

「鉄炮、弓矢を潰せ」

陣営の後ろから藤次郎は命じた。

「放て」

鉄炮が轟音を発し、いくつかの弓を黙らせた。

「大手門がもたぬ。三の丸まで退け」

音を立てて、大きくたわんだ門に、金山城勢が防衛をあきらめた。

直後、丸太が大手門の閂を破壊した。

「おおおおおお」

勢いに乗った伊達勢が、城中へ突っこもうとした。

「ならぬ。深追いは禁じる」

「戻れ、戻れ」

小十郎と立花外記が大声で兵たちを制した。

「なぜでござる。このまま本丸まで一気に」

不満げな兵を代表するかのように、伊達藤五郎が藤次郎へ詰め寄った。

「すでに夕暮れが近い。詳細のわからぬ城へ踏みこむのは、罠へ落ちるも同然。すでに大手門は役に立たぬのだ。ここは兵を一度退き、あらためて全軍をもって突っこむ」

「……承知つかまつった。その代わり、先陣は吾に任されよ」

藤次郎の話に、藤五郎が渋々認めた。

大手門を復旧できぬほど徹底して破壊し、伊達別働隊は十町（約一千百メートル）ほどさがった。

「このままでは、落ちる」

金山城を守っていた井戸川将監が、夜陰に乗じて伝令を相馬本軍へと出したのを、小十郎は確認した。

翌朝、威嚇の攻撃を金山城へ加え、城兵を封じた伊達別働隊は、その夜、静かに陣を引き払い、金津城へと向かった。

「物見を出せ。相馬本軍の様子を見逃すな」

藤次郎は数名の騎馬武者を先行させた。

「相馬軍の南下を確認」

二日後、相馬軍の移動を伝令が報せた。

「うまくいったようだな」

「はい。あとは、相馬が戻るまでに、金津を落とせるかどうかでございますな」

ほくそ笑む藤次郎へ、小十郎が述べた。

「よし、父へ伝えよ。我ら、これより金津を落とすとな」

藤次郎の策は、その日のうちに輝宗のもとへと報された。

「相馬が急に陣を払うゆえ、なにごとかと思ったが……」

伝令から聞いた輝宗が、嘆息した。

「藤次郎め、金山を落とさず、金津を奪うか」

「見事なる策かと」

同席していた留守政景が、膝を叩いた。

「どこがだ」

「おかげで、相馬の陣形が崩れました」

留守政景が笑った。

梁川城を挟んで対峙していた伊達と相馬は、小競り合いを繰り返すだけで、決戦にいたっていなかった。というのも、ともに全軍ともいえる数を率いたうえ、強固な陣形を取っているのだ。うかつに動いた方が、不利になるのはあきらかであった。

「金山へ行けば、すでに伊達の兵の影はない。どのような愚か者でも、策にはまったと気づきまする。そこへ攻められた金津の悲鳴が届けば、相馬は狙いはこちらであったかと、あわてて救援に戻りましょう。もともと相馬の軍勢は、一枚岩ではございませぬ。畠山、大内との連合。畠山、大内にしてみれば、伊達との決戦こそ望みであり、相馬の小城などどうでもよいはずでござる。進軍に遅速が出るのは必定」

「なるほどの。敵の乱れをつくか。ふむ。そこまで考えてのことであったならば、藤次郎の才気、驚くべきよな」

説明を受けて輝宗が感嘆した。

「よし、政景。そなた、少し藤次郎の手伝いをしてやれ。初陣の功に城一つ。伊達の惣領にふさわしかろう」

「承知」

「我らは、相馬を迎え撃つよう阿武隈川の向こうへ陣を移す」

「はっ」

政景が膝をついた。

「かかれえ」

金津城へ到着した藤次郎は、留守政景率いる千と合流し、力押しに攻めた。

阿武隈川に近い丘を使った金津城は、その周囲を伊達の兵で取り囲まれた。

「本軍が来るまでの辛抱じゃ」

朝比奈十兵衛の鼓舞に応じた城兵決死の抵抗に、伊達勢は攻めあぐんだ。

「相馬軍見ゆ」

そこへ、相馬、大内、畠山の軍勢が現れた。

「来たか」

報告を受けた輝宗が、金津城攻めを中断させ、全軍をひとまとめにした。

「藤次郎、そなたに左の大内勢を任せる。政景、右の畠山を蹴散らせ」

「はっ」

「お任せあれ」

輝宗は軍勢を三つに分けた。

「過去の因縁に決着をつけてくれるわ。全軍かかれぇえ」

大きく輝宗が軍配を振った。

「おおおおおおお」

まっさきに伊達藤五郎成実が、手兵を率いて突っこんだ。

「命惜しくば、のけい。伊達藤五郎成実、見参なり」

大内の陣へ、藤五郎が食いこんだ。

「藤五郎をやらせるな」

　突出した藤五郎を大内勢が包みこもうとするところへ、藤次郎は小十郎以下の精兵をぶつけた。

「承って候」

　小十郎が駆けた。

「百ほどの小勢に何を手間取っておる……」

　藤五郎に先陣を崩された大内定綱（さだつな）が、続いて侵略してくる小十郎たちの勢いに息をのんだ。

「これはたまらぬ。相馬への義理は果たした。退くぞ」

　大内定綱が退き鉦を鳴らした。

　もともと大内氏は田村家の被官であった。跡継ぎのない田村家に見切りをつけ、独立をはかって相馬へ与（くみ）しただけである。命を懸けて伊達を滅ぼすだけの気概はなかった。

「大内勢が崩れましてござる」

「なにっ」

　状況を報された畠山義継（よしつぐ）が、慌てた。

畠山家は奥州管領を代々受け継ぐ名門であったが、次第に勢いを失い、今では二本松(にほんまつ)だけをかろうじて維持するまでに落ちていた。領地が伊達と蘆名(あしな)に挟まれていた畠山義継は、勢いの落ちた伊達ではなく蘆名へ属し、大内定綱と婚姻を結ぶなどして生き残りを模索していた。今回も大内定綱の縁と蘆名家からの要請を受けて兵を出しただけで、端(はな)から決死の覚悟などしてはいない。

「押しこめ」

そこへ留守政景率いる三千が猛攻を加えた。

「こんなところで兵を無駄にはできぬ」

たちまち畠山義継は、踵(きびす)を返した。

「大内、畠山脱落」

「おのれ、肚なしどもが」

相馬盛胤が歯がみした。

「我らだけで、伊達を倒す。者ども狂え」

猛将として知られた相馬盛胤の指揮に軍勢はよく応え、八千の伊達勢を一度は、阿武隈川の川縁まで退かせた。だが、左右の援軍を失った相馬勢の横腹へ藤次郎、政景の軍勢が突っこんだことで、状況は一変した。

「邪魔するな。吾の狙いは盛胤の首のみ」

藤五郎が、矢のような先駆けを見せた。

「足並みをくずすな」

兵たちを一列にそろえた小十郎が、藤五郎の作った隙間を押し広げていく。

たちまち相馬勢の陣形が崩れた。

「ええい。やむを得ぬ。ここは一度退いて再起を図る」

相馬盛胤が、退却を始めた。

「さすがよな」

見ていた藤次郎は感心した。

相馬盛胤は崩れかけた兵をまとめ、難しい退き戦をこなしながら去っていった。

「追うな。相馬との決戦は今日にあらず」

輝宗が兵を収めた。伊達も全力を出したのだ。相馬の影響が濃い伊具郡南部へ進軍するだけの余裕はなかった。

陣形を立て直した輝宗は、金津城へと襲いかかった。

「支えよ、殿は必ず戻られる」

金津城の城主朝比奈十兵衛の激励も、取り残された城兵たちには届かなかった。数日の抵抗は見せたものの、城将の首を差し出せば、他の者は助けるという輝宗の申し出に兵たちが動いた。

家臣たちによって朝比奈十兵衛の首が落とされ、金津城は落ちた。

「戦功の第一は、政宗である。初陣で城一つは古来希である」

輝宗が、藤次郎の手柄を讃えた。

「…………」

ほめられても藤次郎は喜べなかった。金津城攻めの最後の日、立花外記が討ち死にしていた。

「まさか」

戦慣れしている立花外記である。あとわずかで城が落ちるのを見抜けないはずはない。

「なぜだ」

藤次郎には、立花外記があえて死地を求めたとしか思えなかった。

## 三　雪解け

相馬敗走、金津落城の効果は大きかった。伊具郡で相馬に従っていた国人衆の多くが、伊達輝宗のもとへ祝意を述べにやって来たのだ。

「この度の大勝、まことにおめでとうございまする」

「久しいの。つつがないようでなによりじゃ」

敵対していた国人衆を、輝宗が笑顔で迎えた。

「なにとぞ、陣営の端にでもお加えくださいますよう」

「貴殿の手勢とあらば、千騎に値する。是非、先陣を頼みたい」

「承った」

参加を願い出る国人衆に輝宗が先陣をさせた。

「あのような輩に名誉ある先陣をさせるなど」

嫡子として対面の場にいた藤次郎政宗は、歯がみした。

先陣はその名のとおり、まっさきに敵とあたる。武に秀でていないと、たちまち切り崩され、全体の陣営を壊すことにもなりかねない責任あるものだ。それだけに手柄を立てる機会も多く、勝てば、名誉と利の両方を得られた。

「使い捨てになさるおつもりでございましょう」

片倉小十郎が、淡々と言った。

「後ろに置いて、戦の最中に寝返られてはたいへんでござるゆえ、目の届く前へ置いて、敵方の鋭鋒を受け止めさせる」

「もし、そこで裏切られては大事ぞ」

「もちろん、殿はそこまで読んでおられましょう。もっとも、相馬が小高まで退いた今、伊達に牙むくことはございますまい」

小十郎が述べた。

阿武隈川の河原でおこなわれた相馬、大内、畠山との戦いは、伊達の勝利で終わった。手痛い被害を受けた相馬盛胤は、陣営をたてなおすこともなく、本国へと逃げ戻った。といったところで、伊具郡には、まだ丸森城、金山城など相馬の出城は残っていた。

「丸森城に籠もる相馬勢は、三百ほど。金山城は二百。対してこちらは、本軍と若の別働隊をあわせて一万数千。この差をわからぬほど、国人衆も馬鹿ではありますまい」

「ふうむ」

藤次郎は、まだ納得していなかったが、反論するだけのものを持っていなかった。

「ご不満でございましょう。一番乗りの名誉を国人衆へ渡すなどお気に召しますまい」

赤子のころから仕えてくれている小十郎が、見抜いた。

「…………」

無言で藤次郎は同意を示した。

「若、決死の兵というのをご存じか」

「知らぬ」

問われて藤次郎は首を横に振った。

「今の丸森や金山の兵がそうでござる。敵中に取り残され、逃げることもできぬ兵は、死人と同じ。命を惜しむことさえ忘れ、ただ突き進むのみ。つまり、人として持っているべき、吾が身かわいさがございませぬ」

「さようでございまする。弓で射られようが、槍で突かれようが、心の臓が止まるまで、相手を殺そうとする兵。決して背を見せぬ者たち。対して、これらを相手にする我らは、どうでござろう。勝ち戦と最初からわかっておるのでございまする。どうしても、戦のあとのことを考えてしまいまする。褒美はどのていどもらえるのか、いつ国へ戻れるのか、女房は、子供は元気なのか。いわば未練を持っておるわけでござる。そのような兵と決死の兵。勝負になりますまい」

「命を惜しまぬ……」

「あやつらは盾代わりか」

「でございまする」

小十郎が首肯した。

「外記まで死なせて、得たのが盾だというか」

悔しそうに藤次郎は吐き捨てた。

「若殿」

一瞬、小十郎が哀れむような目をした。

「立花どのの死、その意味をお考えになられたか」

小十郎が厳しい声で言った。

「意味だと」

「いかにも。立花どのは、若殿へ、口では伝えきれぬと考えられたからこそ、一命を捨てられたのでございまする」

「回りくどい言いかたをするな。申せ」

いらだちを藤次郎は露わにした。

「初陣を任された介添えの将は、なにがあっても若殿をお守りせねばなりませぬ。これは、お側を離れぬとの意味でございまする」

藤次郎を落ち着かせるように、小十郎がゆっくりと話し始めた。

「金山の城攻め、最初の戦いは城から離れたところでございました。城から出てきた相馬の兵を、阿武隈川で迎え撃ちました」

「うむ」

つい先日のことである。藤次郎も鮮明に覚えていた。

「初陣は勝たねばなりませぬ。少数の敵を相手にしても必勝の形を取るのが通例でございまする。あのときも同じように、陣形を三つに分け、中央へ進んでくる敵を包みこみました。本陣は若殿、右を立花どのが、そして左を不肖わたくしめが担わせていただきました」

小十郎が語った。

「あのとき、本来ならば立花どのは、若殿の介添えとして本陣に在らねばなりませなんだ。しかし、右翼を任せるだけの将が他になかった。失礼ながら伊達藤五郎成実どのでは、無理でございました。なぜなら、藤五郎どのも初陣で戦慣れなされていなかったからでございまする。そして、他の者では、一翼を任せるに軽すぎました」

「譜代の者だけで軍を作ったことが弊害となったのか」

藤次郎が口を挟んだ。

「ご明察でございまする」

満足そうに小十郎がうなずいた。

譜代の家臣というのは、主家に対する忠義は揺るぎないが、同僚との間で出世の競争を繰り返してきた歴史を持つ。

どうしても己と比べてしまうため、少しでも納得のいかないことがあれば、将に任じられた者の意見を聞かないという弊害があった。

「ために立花どのが、一翼を担われた。やむを得ないことではございましたが、その結果、若殿さまを危ない目に遭わせてしまいました。これは、後見を命じられた立花どのの失策」

「あれは、戦場に浮かれて突出した吾が悪いのであって、外記のせいではない」

きっぱりと藤次郎は告げた。

「いいえ。若殿の責ではない、いや、責にしてはならぬのでございまする。それが初陣。毛ほどの傷も許されぬもの。それをわかっておられればこそ、立花どのは、金津城へ突っこんで討ち死にされたのでございまする。生きて帰っては、立花の名を汚すこととなりまする。死ねば、戦場での責は消えまする」

「おろかな。これからの伊達家に外記のような戦上手は、ますます要り用になるというに」

藤次郎は嘆息した。

「よろしいか」

小十郎がきっと藤次郎を見つめた。

「若殿が、すこしでも立花どのへ、すまぬとお思いならば、我慢をなされませ。近しくしていた者が死ぬことも、急に味方が増えたり減ったりするのも、すべて戦のうちでござる。伊達の勢いが増せば、今まで敵対してきた者が、百年の味方でございという顔で近づいて参りまする。それに対し、嫌みを言うことなく、笑顔で応じなければ、なりませぬ」

「わかった。今後、堪忍ならぬことがあったときは、外記の顔を思いだす」

藤次郎は、宣した。

金津城での休息もそこそこに、伊達は軍勢を再編、伊具における相馬家最大の拠点、丸森城へと進んだ。

「打ち寄せよ」

伊達家の先陣となった国人衆が、丸森城の大手門へと押し寄せた。

「表裏者(ひょうりもの)どもが」

先日まで相馬に媚(こ)びを売っていた国人衆の心変わりに、丸森城の兵たちの怒りが沸騰した。

「生かして帰すな」

丸森城から雨のように矢が降らされた。

「わあああ」

「ぎゃっ」

たちまち国人衆の兵から苦鳴があがった。

「ひるむな。門にとりつけば、矢は遣いにくくなる」

国人衆が、兵たちを鼓舞した。

「矢にも限りがあるはずだ」

兵たちも倒れる仲間を尻目に前へ進んだ。

「近づけるものか」

城方の猛攻はおさまらなかった。

相馬盛胤は、本国へ退くとき、丸森城に兵と矢玉兵糧を大量に入れていたのだ。

「うわあああ」

いつまで経っても矢は減らない。耐えていた兵の一部が恐怖に負けた。

「逃げるな。背中を撃たれるぞ」

国人衆の言葉も、逃げ出した兵には届かなかった。たちまち、伊達家の先陣が崩れた。

「退け」

冷静に状況を見ていた輝宗が退き鉦を鳴らさせた。

「逃げ出すとは、情けなし」

「怪我人もそのままで尻に帆かけていくが、伊達の家風か」

丸森城から罵声が飛んだ。

「言わせておけ」

輝宗は相手にしていなかった。

「兵の損失は」

「二十名ほどが、矢で」

「ちと多いの」

側に控えていた留守政景の答えに、輝宗が苦い顔をした。

「いたしかたございますまい。いくら前へ出るなと申しておいても、戦場の気にあてられてしまえば、走り出すのも無理のないこと」

宥(なだ)めるように留守政景が述べた。

「国人衆どもはどうじゃ」

「半減いたしたようでございまする」

「ふむ」

輝宗が右手で握った軍配を左手の平へ、軽くぶつけた。

「これでしばらくは、伊具を放置できるな」

「はい」

留守政景がうなずいた。いつどちらに転ぶかわからない国人衆の勢力は、その地を支配する大名にとって、わずらわしいものでしかなかった。減らせるときに減らしておきたいのが本音であった。

「丸森はこのていどでよい。千ほど残して、金山へ移動する」

数日後、輝宗の命で軍勢はさらに南下、藤次郎が攻めあぐねた金山城へと移動した。

「大手門が潰されておりますな」

物見に出ていた小十郎が戻ってきて報告した。

「潰されているとはどういうことだ」

「埋門をその名のとおり、岩でふさいでおりました」

金山城の大手門を、藤次郎は修復できないほど破壊させていた。それを城兵たちは、岩などを積みあげて、封じ、攻め入られないようにしたのだ。

「なんと。それでは、どこから出入りするというのだ」

藤次郎は驚愕した。

たしかに出入り口をなくしてしまえば、どれほど小さな城でも難攻不落になる。

「本軍が戻るまで、出入りすることなく耐え続ける気でございましょう」

「できるのか」

小十郎の意見に、藤次郎は問うた。

「十分な兵糧と水があれば。兵にとって食いものと水がなくなるほど恐ろしいこと
はございませぬゆえ」

「援軍が来るかどうかさえわからぬのだぞ。期限がなくとももつというか」

「信じておるのでございましょうな、相馬の兵は。主がかならず戻ってくると」

藤次郎の疑問へ小十郎が答えた。

「相馬の兵の強さは、そこにあるのやも知れませぬ」

　小十郎が言った。

「二つに割れて、家中で争っていた伊達では勝てぬはずだ」

　小さく藤次郎は嘆息した。

　翌日、金山城へ輝宗は攻撃をかけさせた。

「押せ、押せ、押せ」

　やはり先陣は、相馬から伊達へ鞍替えした国人衆であった。山一つをまるまる城にした金山、その唯一の責めどころであった門がふさがれていては、攻めようもない。もっとも金山城からの応戦もさしたることはなく、無駄に刻だけが過ぎていった。

「金山城が手出しできぬのなら、このまま放置して相馬へなだれこんではいかがでございましょうや」

　勝利の勢いをかって、相馬の本国を侵すべきだと主張する者も多くなってきた。

「どう思う、藤次郎」

　軍議の席で、輝宗が藤次郎へ問いかけた。

「よろしゅうございまするので」

藤次郎は、口出ししてよいかどうかの確認をした。

今帷幕に並んでいるのは、伊達の名だたる将ばかりである。そこで初陣をすませたばかりの藤次郎が意見を述べるなど僭越ととられかねない。

「申せ。そなたは伊達の惣領。しかも、初陣も終えておる」

輝宗が許した。

「では……」

藤次郎は姿勢を正した。

「ここは一度陣を退くべきだと考えまする」

「なんと」

「勝ち戦をあきらめよと言われるか」

「初陣をすませたばかりで、まだ戦の機をご存じないとはいえ……」

本国へ戻るべきと言った藤次郎に、将たちの非難が集中した。

「鎮まれ。殿の御前であるぞ」

伊達の一門であり、譜代衆の筆頭ともいうべき留守政景の一喝に、一同が沈黙した。

「藤次郎、理由を聞かせよ」

鎮まるのを待っていた輝宗が、催促した。

「はっ。一つは、我が軍の疲弊(ひへい)にございまする。新春からこの五月まで、休むことなく戦陣にあり、将はともかく兵たちはかなり疲れておるように見受けられまする。このうえ、敵地まで進軍するとなれば、兵たちの疲労はたまり、相馬の小高へ着いたころには、戦うだけの余力を残しておられるかどうか、難しゅうございましょう」

「伊達の兵は、それほど弱くはござらぬ」

反論が出た。

「口を挟むな、最後まで聞け」

輝宗が叱りつけた。

「続けよ」

「二つめは、相馬の兵が強いということでございまする」

丸森、金山のことを藤次郎は述べた。

「我らが負けるとは思いませぬが、相当の被害を覚悟せねばなりませぬ。ここで相馬を滅ぼせたとしても、そこへ蘆名、あるいは上杉が襲い来ればどうなりましょう。漁夫(ぎょふ)の利(り)を与えることになりかねませぬ」

「ふむ」

聞いた輝宗がうなずいた。

「三つめは、時期でございまする」

「時期だと……」

「田植えをせねばなりますまい」

藤次郎は告げた。

ときはすでに五月であった。まもなく梅雨が来る。それまでに田植えを終わらせておかないと、秋の収穫に影響した。

「男手がないと田植えが遅れるか。田植えの遅れは米の取れ高に響く」

輝宗が納得した。

「一同、わかったの。金山と丸森の監視と峠警固の兵を残し、引きあげる」

当主の決断が下れば、誰も異論を唱えることは許されない。伊達の軍勢は、ただちに本国へと引きあげた。

決戦とまではいかなかったが、伊達が相馬に与えた被害は大きく、しばらくは小競り合いさえなく終わった。

しかし、相馬の衰退は思わぬところに現れた。

「和議の仲立ちを願いたい」

新春の祝賀に米沢を訪れた田村清顕が、輝宗へ願い出た。

藤次郎の岳父田村清顕は領土の境界を巡って、二階堂とその後押しをする蘆名の両家と長年争っていた。

「正式ではないが、蘆名から和睦を探る使者が参っての」

田村清顕が述べた。

もともと蘆名は、自陣に属している二階堂の頼みに応じて兵を出していただけである。田村領を侵したところで、得るものは少なかった。

そこへ、伊達の勢力が拡大した。蘆名は、伊達への備えを厚くしなければならなくなり、二階堂への応援が難しくなったのである。

二階堂の侵略への対応として伊達との同盟を結び、一人娘を嫁に出した田村清顕としては、この機会を逃すことができないのは当然であった。

「田村どのの求めとあらば、否やは申せまい」

輝宗が了承した。

「といったところで、雪深い今すぐというわけにはいきますまい。どうであろうか、暖かくなったならば藤次郎を連れて、そちらへ参ろうと思うが」

「けっこうでござる」

提案を田村清顕が受け入れた。

新春の賀は数日に及んでおこなわれる。米沢城の御殿を開放して、伊達に属する諸将や、帰属している国人衆たちが飲み騒ぐ。

当主の輝宗や嫡子藤次郎は、最初の宴席にだけ出ればあとは自室へ下がってもよかった。

「じゃまをしてもよいかの」

虎哉宗乙師より与えられた公案を考えていた藤次郎のもとへ来客があった。

「これは義父どの。どうぞ」

訪れたのは田村清顕であった。

藤次郎は、上座を譲った。

「いや、ここでは、政宗どのが主。儂は客に過ぎぬ」

上座を遠慮して、田村清顕が下座に腰をおろした。

「婚姻の宴以来じゃな」

「ご無沙汰をいたしております」

上座に残ったのを恐縮しながら、藤次郎は詫びた。

「乱世でござれば、無沙汰は当然。おおっ。そういえば、初陣を見事勝利で飾られたとか。おめでとうござる」

田村清顕が祝意を述べた。

「……ありがとうございまする」

忸怩（じくじ）たる思いを隠して、藤次郎は礼を言った。

「このたびは、我が田村家のためにご足労を願うこととなった」

「いえ、お気になさらず」

藤次郎は首を振った。

「ところで、政宗どのよ。子はまだかの」

　挨拶を終えた田村清顕が、本題を切り出した。

「…………」

　問われた藤次郎は、黙るしかなかった。嫁入り直後からうまくいっていなかった愛姫との間は、藤次郎が乳母を殺したことで完全に断絶していた。

　藤次郎は館の奥へ足を踏み入れず、愛姫も表へ出てこようとはしなかった。

「ご存じのように、田村の家に子はござらぬ。愛(めご)がただ一人の娘でござる。その一人娘を嫁がせるときに、子供の一人を田村の跡継ぎとしてもらうとの約束がござったはず」

「……たしかに」

　確認する田村清顕に藤次郎はうなずいた。

「ならば、今宵から娘のもとへお通い願おう。よしなに頼みましたぞ、娘を」

　用件は終わったとばかりに田村清顕が立ちあがった。

「お待ちあれ」

　思わず藤次郎は呼び止めた。

「委細は承知いたしておりまするが、このまま娘を戻されるようならば……田村は伊達の敵となりますぞ」

「…………」

武将同士の婚姻は、家の結びつきでしかない。田村清顕の宣言に、藤次郎は言葉を失った。

藤次郎のもとを去った田村清顕は、娘愛姫のところへ顔を出していた。

「お元気そうでなによりにございまする」

愛姫が手をついて父を出迎えた。

「ますます美しくなったの」

「おたわむれを」

ほめる父に愛姫がほほえんだ。

「さて、愛よ。今日は少し説教をせねばならぬ」

「なにか、叱られるようなことをいたしましたでしょうか」

真剣な顔つきになった田村清顕に、愛姫が不安そうな表情を浮かべた。

「政宗どのをお迎えしておらぬそうじゃな」

「それは……」

愛姫が乳母を殺されたからだと、藤次郎の非道を訴えた。

「……愛よ。儂がなにも知らぬと思っておるのか。婚姻の夜から何度も政宗どのが、愛のもとへお見えであったのを知らぬとは言うまいな」

「……はい」

初めて父に叱られた愛姫が、小さくなった。

「夫を迎えるのは妻の役目。それも伊達と田村の橋渡しの婚姻じゃ。それを乳母がじゃまをした。これは田村の家を危なくするも同然。そのくらいのことがわからぬほど、子供ではないであろう」

静かな声で田村清顕が言った。

「本来ならば、愛は送り返されてしかるべきなのだ。当然、田村と伊達の仲が割れる。戦になっていても不思議ではない。それを政宗どのは、乳母一人の命ですませてくれたのだ。こたびの初陣の話も聞いたであろう。勝ちに浮かれることなく、軍を退いた手腕、あの歳でできる者がどれほどいよう。愛よ、政宗どのは、得難い

すぞ。見ていよ、すぐに周囲の小名(しょうみょう)や国人領主どもが、娘を政宗どのの側へ寄こ
すぞ。言いにくいことだが、愛より見目麗(うるわ)しい女もおろう。賢い女もおろう。な
により、その女は政宗どのを拒まぬのだ。男と女、閨を共にすれば情も移る。そう
なったとき伊達にとってその女の実家が格別となる」
「格別……」
「今ならば、田村がそうなれる。政宗どのが、他の女に心奪われる前に、愛のもの
とせい。これこそ女の戦ぞ」
「……はい」
父の説諭に愛姫が首肯した。
その夜、愛姫から来訪を願う文が藤次郎のもとへ届いた。
婚姻の宴から二年あまり、藤次郎と愛姫はようやく夫婦の契りを交わした。

# 第三章　巣立無明

## 一　家督相続

米沢から三春までは、馬で一日の距離である。しかし、いかに同盟を結んでいるとはいえ、乱世である。兵を連れずに行くことなどできない。三百ほどの兵を伴って米沢を出た伊達輝宗と藤次郎は、間に一泊を入れ、二日かけて三春へと着いた。

「よくぞ、お越しくださった」

三春城の門前まで田村清顕が迎えに出た。

「こたびはおめでとうござる」

長年の宿敵二階堂との和睦を輝宗が祝った。

「いや、これも伊達どののご尽力あってのことでござる」

清顕が謙遜（けんそん）を口にした。

「お舅（しゅうと）どの、おめでとうございまする」

「おおっ。婿どのよ、よくぞ、来てくれた。愛（めご）は健勝にしておろうか」

藤次郎の挨拶に清顕が、応じた。

「はい。昨日も大手門まで見送ってくれましてございまする」

「そうか。それは重畳じゃ。あとは、跡継ぎを早く願いたい」

夫婦仲が修復されたことに清顕が喜んだ。

「さあ、館までご案内つかまつろうぞ」

門前での会話を打ち切って、清顕が一行を城内へ案内した。もっとも、城内へ通されるのは、輝宗、藤次郎と一部の重臣だけで、将兵の多くは、城下の寺で陣を張った。

「蘆名、二階堂の者たちは、明日城下はずれに到着するはずでござる」

清顕が説明した。

蘆名も二階堂もかつては伊達と縁戚であった。蘆名盛氏（もりうじ）、二階堂照行（てるゆき）ともに伊達植宗の娘を正室に迎えていた。しかし、植宗と息子晴宗の間に内紛が起こると、蘆名、二階堂はともに植宗方に付き、植宗の死後は、伊達と敵対するようになってい た。

とくに蘆名盛氏は一代の傑物と言われるほどの人物であり、周辺の小名どもを平らげ、勢力を大きく伸ばし、ついには、二階堂氏をもその配下に組みこんだ。しかし、天正八年（一五八〇）に盛氏が死去、父にまさる将器として嘱望された嫡男盛興は五年前に病死しており、その跡を継いだのは二階堂から人質として差し出されていた盛隆であった。外から当主を迎えたことで内紛も起き、蘆名の勢力は大きく減退した。盛隆は家臣の反発を抑えるため、盛興の後室を妻とした。この後室は輝宗の妹であった。

対して、二階堂氏は蘆名氏の版図（はんと）に組みこまれ、当主の嫡男であった盛隆を人質として差し出した関係で、次男の行親（ゆきちか）が照行の嫡男である盛義（もりよし）の死後、家を継いでいた。

奥州は植宗の婚姻政策の影響が色濃く、複雑に絡み合った血のかかわりが、よりいっそうの混迷を招いていた。

翌日、ときを合わせて蘆名、二階堂が兵を率いて三春の城下まで来た。城下はずれに陣を張った両家を代表して蘆名より使者が到着し、和睦の会談は明日の朝から、城下はずれの寺でおこなわれることとなった。

城下はずれの寺で、藤次郎は初めて蘆名盛隆、二階堂行親の兄弟と対面した。

「この度の和睦、奥州の平安を担う奥州探題として、喜ばしく思う」

最初に口を開いたのは、輝宗であった。

輝宗が和睦の仲介者として、全体を取り仕切った。

「伊達どのには、わざわざのご足労をいただき、感謝いたしておりまする」

応じて田村清顕が礼を述べた。

「仲介の労、かたじけなく」

「…………」

蘆名盛隆が軽く頭を下げた。二階堂行親は無言で倣(なら)った。

礼儀のやりとりはそれだけで終わり、和睦の実質をおこなう田村と二階堂の話し合いが始まった。

「…………」

藤次郎は、虎哉宗乙に言われたように、蘆名盛隆、二階堂行親の顔を見つめていた。

「では、そのように」

すでに下打ち合わせは終わっている。話し合いはほぼ半刻（約一時間）ほどで終了した。

「陸奥守どの、和睦の内容をご確認ありたい」

清顕が清書された書状を手渡した。

「拝見いたす」

輝宗が書状を読んだ。

「天文年間の以降、互いに取り合った所領を本来のもとへ返し、今後矛を交えぬことを誓う。両者異存ないな」

「ござらぬ」

「異論などございませぬ」

「…………」

最初に盛隆が同意し、清顕が続いた。行親は、またもや無言であった。

「…………」

筆をとった輝宗が、和睦状の最後に花押（かおう）を入れた。

「これにて、和睦はなった。祝着（しゅうちゃく）である」

輝宗が宣した。

和睦の会談は終了した。その後、形だけの祝宴が開かれた。しかし、毒殺を警戒した一同は、口もつけず、小半刻（こはんとき）（約三十分）ほどで、蘆名盛隆、二階堂行親が席を立ち、邂逅（かいこう）は終わりを告げた。

「ふむ」

出て行く二人を見送った藤次郎は、二階堂行親の顔が苦渋にゆがんでいるのを見た。

「兄とは違ったな」

和睦の成立を受けて、蘆名盛隆は安堵の表情を浮かべていた。藤次郎は、兄弟の差に首をかしげた。

和睦がなった日を三春で過ごした輝宗と藤次郎も、翌日には米沢へ向けて帰途についた。相馬氏を伊具郡から追い払ったとはいえ、大内や最上（もがみ）、上杉といった周辺の大名の動きに不安があり、本城を親子そろって空けるわけにはいかなかったからである。

「見てきたか」

帰ってきた藤次郎を虎哉宗乙が待っていた。

「はい」

藤次郎は己の感じたままを虎哉宗乙へ語った。

「兄弟で顔が違ったか。なぜだと思う」

「蘆名は直接のかかわりがないからではございませぬか」

思ったことを藤次郎は述べた。今回の和睦で、田村と二階堂は互いに侵略した土地を相手に返還していた。奪われた土地を取り返すのはよいが、兵を死なせて奪った領土を持っていかれるのは、武士にとってなにより辛い。とくに侵略した土地を知行(ちぎょう)として家臣に渡していた場合は、問題であった。交換のためには、その知行所を取りあげねばならないのだ。もちろん、取り返した土地を代わりに与えるので、損得ないと言えばそうなのだが、実質は大損に繋がった。何年もかけて領民と築きあげてきた信頼関係のある土地を奪われ、代わりに昨日まで敵の支配下にあった領地を治めなければならないのだ。年貢の割合から運上まで、何から何まで違うのを、無理矢理従わせることになる。当然、慣れていた治世と異なることで領民は戸惑い、反発する。下手すれば一揆が起こる。

領地を交換された家臣の不満は確実に出る。

「それもあろう」

虎哉宗乙が首肯した。

「他になにが……」

「気づかぬか。藤次郎、これからそなたも経験するであろう。人質というものについて、考えてみよ」

「人質でございまするか。降伏するとき、あるいは配下となるときに、裏切らぬ保証として差し出すもの」

「そうじゃ。では、誰を差し出す」

「子あるいは、兄弟でございましょうか」

藤次郎は答えた。

「どういった順番で人質を決める」

「二人以上おるならば、やはり長幼に従いましょう。家にとって嫡男は大事でござれば、次男あるいは、それ以降……」

「気づいたかの」

驚きで言葉を止めた藤次郎へ、虎哉宗乙が言った。

「本来ならば、蘆名のもとへ人質に出されたのは行親」

「そうじゃ。そして人質とされた行親は、蘆名の家臣として東奔西走する。これが普通じゃ。しかし、二階堂は違った。二階堂盛義は嫡男の盛隆を人質に出した。そのとき蘆名氏の直系が二代にわたって早死にした。当主を失った蘆名はやむを得ず盛隆に盛興の後室を娶らせ、家督を継がせた。蘆名の配下だった二階堂の嫡男が、当主となったのだ。幸運としか言いようがあるまい」

「はい」

「行親からすれば、その幸運は本来、己が享受するはずだったと思うのも当然であろう」

「わかりまするが、他国へ人質に出るのは、とても厳しいと聞いておりまする。出されなかったことを幸運と考えるべきでございましょう」

藤次郎はあきれた。

「それが人というものだ。過程ではなく、結果を見る。稲を育てる苦労を見ず、ただその稔りをうらやましがる」

「…………」

虎哉宗乙の嘆息に、藤次郎も同意を覚えた。

「二階堂と蘆名、兄弟ゆえに難しいことになろうな」

「争うと」

「それはなかろう。蘆名と二階堂では規模が違いすぎる。二階堂が蘆名に対抗するならば、最上か伊達と手を組まねばなるまい。もし、そのような話が来たらどうする」

「……受けませぬ」

「なぜだ。蘆名と二階堂が割れれば、伊達には有利であろう」

藤次郎の返答に、虎哉宗乙が質問を重ねた。

「蘆名を完全に敵とします る」

「…………」

無言で虎哉宗乙が先を促した。

「それよりも、二階堂が同盟を求めてきたと蘆名へ報せた後、田村と共に二階堂へ侵攻すべきだと考えまする。蘆名と二階堂が仲違い（なかたが）いをしてくれれば、援軍は出ますまい。二階堂だけならば、さしたる苦労もなく終わりましょう」

「見事である」

虎哉宗乙が藤次郎を褒めた。

「本日の講義はここまでとする。一つ、人というものを学んだであろう。藤次郎、そなたはいずれ奥州を吾が手にするのだ。そのとき、あらゆるところから人質を取ることになろう。人質の価値は裏切りの防止だけではないことを、忘れるな」

締めくくりを告げて、虎哉宗乙が出て行った。

藤次郎と別れた虎哉宗乙は、その足で輝宗へ面会を求めた。

「久しいの」

訪ねてきた虎哉宗乙を輝宗が歓待した。

「藤次郎はどうだ。面倒をかけてはおらぬか」

輝宗が問うた。

「末おそろしいお方でございまする」

虎哉宗乙が答えた。

「なにがあった」

「さきほど……」

問う輝宗へ、虎哉宗乙が語った。

「ううむ」

輝宗がうなった。

「まこと百年に一人の逸材でございまする。天下人となられて当然のご器量。ただ、惜しむらくは、お生まれが遅すぎました。京は遠い」

虎哉宗乙が首を左右に小さく振った。

織田信長、本能寺(ほんのうじ)にて横死するとの報は、米沢城を大きく揺らした。

「詳しい事情を話せ」

伊達藤次郎政宗は、話を伝えに来た片倉小十郎へ迫った。

「わたくしの知っている範囲でございまするが……」

片倉小十郎が語った。

「中国の毛利を攻めるための断りを帝へ申しあげるため京へ入った信長どのを、家臣の明智日向守光秀が急襲、一夜のうちに討ち取られたそうでございまする」

「信長どのは、手勢を引き連れておらなかったのか」

藤次郎は、首をかしげた。

武田家を滅ぼし、甲州から播磨までをその手にした織田信長の威勢は奥州まで鳴り響いていた。伊達家は早くから信長と誼を結び、手紙や贈答品をやりとりしていたこともあり、その勢力の強大さをよく知っていた。

「報せによりまするとは百ほどしか連れておられなかったようでございまする」

「百……」

聞いた藤次郎は絶句した。

「このあたりの国人でも百やそこらの兵はもっておるぞ。なぜ、信長どのはそのていどの兵しか連れておられなんだのだ」

「安心しきっておられたのでございましょう」

「……安心だと」

「はい。米沢の城下を歩かれるに、藤次郎さまは兵を千も伴われまするか」

「馬鹿を言うな。一人でも大事ないぞ」

問われた藤次郎は、胸を張った。

「それと同じだったのではございませぬか」

「なるほどな。信長どのにとって、京は吾が領地であったと」

「おそらく」

「しかし、油断であるな。家臣の裏切りを考えておらぬなど」

藤次郎はあきれていた。

中野宗時、牧野久仲（まきのひさなか）ら、重臣の裏切りで国が傾いた経験のある伊達である。藤次郎もそのあたりは警戒していた。

「仰せのとおりでございまする」

小十郎も同意した。

「何の話をしておるのだ」

そこへ輝宗が姿を見せた。

「これは父上」

急いで藤次郎は上座を譲った。

「織田信長どののことでございまする」

輝宗が座るのを待って、藤次郎は答えた。

「…………」

無言で輝宗が、先を促した。

「聞けば信長どのは、家臣の明智日向守の謀叛によって首を取られたとか。なぜ、信長どのともあろうお方が、そのような油断をなされたのかと。少なくとも伊達の者は、配下の裏切りで命を落とすような恥はかきませぬ」

問われた藤次郎は述べた。

「簡単なことじゃ。信長どのは、驕られたのだ」

「驕られた……」

「そうよ。吾に優るものはないとな」

輝宗が、衣から両手を出し、数珠を持った。

「信長どのが建てられた安土城、その縄張りのなかに寺があることを知っておるか」

「いいえ。存じませぬ」

藤次郎は首を振った。

「摠見寺(そうけんじ)といううらしいがの。妙心寺におる知人が手紙で教えてくれたのだが、その寺には本尊がないそうだ」

「本尊のない寺などありえませぬ」

「誰もがそう思うであろう。当然、信長どのにそのことを尋ねた者がいた。さすれば、信長どのはこう答えたそうじゃ。いずれ、おまえたちが本当に崇(あが)めるものがなにかわかるであろう。それまでの間、これを代わりに拝んでおけ。そう言って信長どのは、路傍の石を台座の上に置いたそうだ」

「石を……」

小十郎が驚愕の声をあげた。

「意味がわかるか、藤次郎よ」

輝宗が質問した。

「いずれ、本当に崇めるものがわかる。それまでの間、これでも拝んでおけ……。

そう言って、仏像ではなく、石を置いた」

目を閉じて藤次郎は、その光景を思い浮かべようとした。

「わかりませぬ」

しばらく考えたが、藤次郎には理解できなかった。

「小十郎、そなたはどうだ」

顔を小十郎へ向けて、輝宗が尋ねた。

「特定の仏でなく、石を拝ませようとした。それは仏道の否定でございまするか」

小十郎が言った。

「それもあるな。信長どのは仏がお嫌いだったでな」

輝宗が言うまでもなかった。比叡山焼き打ち、石山本願寺攻め、長島一向一揆の殲滅と、信長の生涯は仏教との戦いであったといってもまちがいではない。

「昨今、都では、耶蘇教というものがはやっていると聞きまする。信長どのもそちらに帰依なされていたのでは」

思い出したと藤次郎は、口にした。

「それは違うであろう。もし、耶蘇に帰依したならば、寺は建てまい。南蛮寺でなければならず、ましてや石を拝ませるようなまねはすまい。耶蘇教の信者どもの戒律はなかなかに厳しいと聞く」

京より西に多い耶蘇教の信者であるが、関東以北にもわずかながらいた。領主としては、民の信仰を無視できない。伊達でもキリシタンのことは気にしていた。

「ではなぜ石を……」

「そこではない。注目すべきは、いずれ本当に崇めるものがわかるというところじゃ。信長どのはな、そう遠くない先に、仏を凌駕（りょうが）するなにかを家臣たちへ示すと言われたことだ。ゆえに石を置いた」

「…………」

「わからぬか。石ならいつでも捨てられよう。なんでもよいと言うのは不遜（ふそん）であるが、不動明王さまでも、観音さまでも、大日如来（だいにちにょらい）さまでも、一度そこへ安置してしまうと動座させるのは難しい。拝んでいた者にとってはとくにな。だが、石となれば別だ。拝む奴など端からおらぬ。明日新しい像を置くので、この石を捨てると言っても、誰も反対はすまい」

「たしかに」

藤次郎も納得した。

「でもそれと、信長どのが家臣に殺されるのと、どうかかわりが」

「家臣たちの信心を、信長どのは自在に操ろうとしておられた」

疑問には答えず、輝宗が話を進めた。

「人の信心を操る。これがどれほど難しいか、わかるか」

輝宗がなげかけた。

「はい」

越前(えちぜん)や伊勢(いせ)ほどひどくはないが、奥州でも一向宗徒の問題はあった。

「松平(まつだいら)、いや、今は徳川(とくがわ)であったかな。三河(みかわ)の国主徳川家康(いえやす)どのは、一向宗徒の一揆で家臣の半分に叛(そむ)かれておる。主君よりも仏が大事。禄をくださっていた主君へ刃(やいば)を向ける。それは、生きていくために要り用な糧を否定することなのだ。明日の米よりも来世を願う。これが、信心。強いものと十分に知っているはずの信長どのが、歯牙にもかけなくなった。ここを見ねばならぬ」

輝宗が言った。

「一向一揆を制圧し、石山本願寺を降伏させた。信長どのは、信心さえも一蹴(いっしゅう)できたと驕られたのだ」

「配下の謀叛など考えるに値しないと……」

「おそらくな」

藤次郎の言葉に、輝宗が同意した。

「驕りが、信長どのほどの人物を死なせることになる。藤次郎、そなたも心しておけ。初陣以来勝ちが続いておる今こそ、兜の緒を締め直すときである」

「はい」

すなおに藤次郎はうなずいた。

「そういえば、藤次郎、面構え（つらがま）えが変わったの」

輝宗が、藤次郎の顔をじっと見た。

「……はあ」

言われても己ではわからぬものである。藤次郎ははっきりしない応答を返した。

「愛姫を抱いたか」

「………」

見抜かれた藤次郎は真っ赤になった。

「どうだ、女というものは」

「……どうだと言われましても……」

藤次郎は口ごもった。

「柔らかかったか、よき香りがしたか」

「それは……はい」

「男とはまったく違うものであったであろう」

頬を染めてうつむく藤次郎へ、輝宗がほほえんだ。

「母とも違ったであろう」

輝宗が、笑みを消した。

「……違いましてございまする」

顔をあげて藤次郎も答えた。母義姫は、藤次郎を嫌い辛く当たり続けてきた。藤次郎の女嫌いの原因であった。

「愛おしいであろう」

「………………」

無言で藤次郎は首肯した。

「それでよい。ようやく藤次郎も一人前の男になったな。世のなかは男と女でできておる。陰と陽。その二つが合わさって初めて物事はなしえる。どちらが欠けても、新しいものは生まれ出ぬ」

「はい」

「国は人の集まりである。大名はその代表でしかない。人がいなくなれば、大名など一日ももたぬ。そして人の基本は夫婦にある。男女が和合し、子供を産まねば、代は続かぬ。慈しんでやれ」

「承知いたしております」

強く藤次郎が、輝宗の言葉を肯定した。

「ならばよい」

輝宗が、満足そうにほほえんだ。

織田信長の死後、天下の趨勢はその家臣であった羽柴秀吉へと傾いていた。まだ西に毛利、大友、島津、長宗我部があり、北国の上杉、関東の北条も勢力を誇っている。しかし、京を制した織田の兵力は大きく、天下はそのもとで固まろうとしていた。

「藤次郎どのが奥州を把握するまでに、天下は平定されましょう。いかに藤次郎どのが優秀で伊達の兵が強くとも、天下すべてと戦うことはできませぬ。いずれは、天下人の膝元に屈しなければなりますまい。鳳雛が成鳥となることはかないますまい」

大きく虎哉宗乙が嘆息した。

「ときはあまりないか」

輝宗が呟いた。

「できるだけ伊達を大きくしておかねば、天下定まって後にどうされるかわからぬ。天下人をして、伊達に手を出せば火傷すると二の足を踏ませるほどになっておかねば……」

「ご当主さま」

独りごちる輝宗へ、虎哉宗乙が声をかけた。

「時期を見て、余は隠居する。伊達の未来を藤次郎に託す」

輝宗が宣した。

「…………」

一人聞いていた虎哉宗乙が、静かに合掌した。

## 二　当主就任

家督を譲るといったところで、そう簡単にいくものではなかった。伊達ほどの身代ともなると単純に長子相続で終わりではすまない。

当主である伊達輝宗には、正室義姫との間に四人の子供がいた。うち女子二人は、早世し、残った男子が長男藤次郎政宗と次男小次郎である。

当然、輝宗の跡はこの二人のどちらかとなるのだが、問題は母義姫にあった。奥州で勢力を張る最上家から嫁いできた義姫は、己の産んだ男子のうち、次男の小次郎を溺愛し、長男藤次郎を嫌った。

これが、伊達の内部を二分した。

最上氏の後押しを期待した連中が、藤次郎ではなく小次郎についていたからである。それをわかっていたから、輝宗は家督相続に十分なときをかけた。

藤次郎には初陣をさせたが、小次郎には許さないなど、輝宗は姑息とも思える手を打った。幸いにして、藤次郎の初陣以降、伊達家の状況は好転した。金山城、丸森城を奪還、伊具郡から相馬の勢力を払拭しただけでなく、天正十二年（一五八四）春には、相馬の本拠行方郡まで軍を進めた。これが契機となり、藤次郎の舅田村清顕の仲介で、天正十二年五月、伊達家と相馬家の和睦がなった。

藤次郎の曽祖父稙宗のころから三代にわたって続いた相馬との争いが終わった。これは、南奥州の安定をもたらすとともに、伊達の名前を大きく上げた。いっときは、稙宗、晴宗の親子が割れ、多くの所領を相馬に侵食された伊達はようやくかつての勢威を取り戻した。

「余は隠居しようと思う」

相馬との和睦を終えた天正十二年十月、輝宗が家臣一同を米沢へ集めて宣した。

「なにを……」

絶句する家臣たち一同を輝宗が見渡した。

「これほど穏やかな刈り取りの秋を迎えたことがあるか」

輝宗が語りかけた。

「余が父より伊達の家督を譲られてより、ただの一度も稔りの季節を安楽に迎えたことなどなかった」

米の取れ高が国の基幹である。敵対している相手が富むことを黙って見ているはずもなく、稲穂が頭を垂れるころとなると、田を荒らすだけの兵をどこもが出した。

相馬と争っていた伊達もその被害を受けてきた。相馬を駆逐する前、伊具へ残ったわずかな伊達領は、毎年のように刈り取りを迎えることなく、潰されてきた。

それが今年はその危惧もなく、家臣たちを伊達の本城である米沢城へ呼び寄せられた。

「今後は政宗に任せる」

この話にもっとも驚いたのが、当人の藤次郎であった。

「父上、なにを仰せられまするか」

藤次郎は慌てた。

「今日より、そなたが伊達の当主じゃ」

「わたくしはまだ若輩でございまする。奥州探題たる伊達家を率いていくことなどできませぬ」

「ならぬ。これは余の伊達の当主として最後の命である。逆らうことは許さぬ」

厳しい声で輝宗が藤次郎の反論を封じた。

「一同もよいな」

輝宗が大広間に集まった重臣、家臣たちへ述べた。

「家臣一同を代表して、お答え申しあげまする」

一族でもある重臣筆頭留守政景が、一膝前へ進み出た。

「応答を許す」

鷹揚に輝宗が首肯した。

「我ら伊達に仕える者一同皆、政宗さまを当主にいただき、変わらぬ忠誠を誓い奉りまする」

背筋を伸ばして留守政景が述べた。

「もし、ご当主さまのご意向に楯突き、政宗さまへ叛旗を翻すような慮外者がおりますれば……」

留守政景が背後へ鋭い目を走らせた。

「この留守政景が兵を率いて、討ち果たしてご覧に入れまする」

力強く宣した。

「うむ。誠に忠節厚い政景、重畳である」

満足そうに輝宗が褒め称えた。

「念のためにもう一度言う。今後、政宗の言は、余の言葉である。心して聞くように。もし、反した者あれば、伊達家七代にわたり勘当する」

「はっ」

留守政景が最初に頭を下げ、続いて家臣一同が従った。

「儂はただいまをもって隠居となった。これより儂は仏門に入り、受心と名乗る。また米沢城は政宗に譲った。よって、儂は義と小次郎を連れて館山の館へ移る。供する者は……」

輝宗が今後のことを語った。

「これにて議を終わる」

一刻（約二時間）ほどで、伊達家の家督相続は終わった。

米沢城の二の丸から本丸へと移った政宗は、一人呆然としていた。

「若、いえ、殿」

「…………」

　側近の片倉小十郎の呼びかけにも応えず、政宗は首を垂れたままであった。

「ふう」

　嘆息した小十郎が、政宗のもとから去り、しばらくして虎哉宗乙を連れて戻ってきた。

「甘えるな」

　一目政宗を見た、虎哉宗乙が怒鳴りつけた。

「な、なんでございましょう」

　ようやく政宗は反応した。

「情けない面を見せるな」

　虎哉宗乙が厳しい声を出した。

「伊達の当主となったのであろう。そなたの肩のうえに何千という家臣、何万という領民の命がのったのだ。そのような顔でどうする」

「重すぎまする」

　政宗は本音を告げた。

「まだわたくしはそれだけの器量ではありませぬ」

「…………」

無言で虎哉宗乙が政宗を凝視した。

「父上は、ようやく不惑をこえられたばかり。まだまだ当主としてやっていかれましょう。なぜ、これほど急なことを」

「……もう少し利巧かと思っていたが、馬鹿だったようだな。愚僧の目もまだまだであったわ」

大きく虎哉宗乙が嘆息した。

「禅師、それはあまりに……」

片倉小十郎が、口を挟んだ。

「馬鹿を馬鹿と言ってどこが悪い。世に真実ほど貴いものはない。黙っておれ」

「…………」

虎哉宗乙から目配せされて、片倉小十郎が引いた。

「伊達の家督、たしかに軽くはない。だが、誰かがやらねばならぬものである。前も言ったはずだ。大名など家臣と領民がなければ、ただの人でしかないと。逆に言えば、それだけの人が支えてくれているのだ。それに応じずして、なんの男ぞ」

「それはわかりまする。ですが、あまりに急な話に戸惑っておるのでございまする」

政宗は言いわけを口にした。

「乱世ぞ。いつどうなるかもわからぬのが、武家の定め。一つまちがえておれば、初陣でそなたが死んだかも知れぬ。わかるか」

「はい」

「いいや、わかっておらぬな。そなたが死ぬかも知れぬということは、輝宗さまがそうなっていてもおかしくはないのだぞ」

「父上が……」

言われた政宗はようやく気づいた。

「輝宗さまの討ち死にで、そなたが家督を継ぐことになっていれば、若いの、もう少し待って欲しかっただの言えるか」

「……言えませぬ」

政宗は首を振った。

「であろう。それを輝宗さまは、生きて譲ってくださったのだ。ありがたいと思うことはあっても、文句を言う立場ではあるまい」

「はい」

「もし、当主の内に輝宗さまが、死んでいたらどうなる。伊達家はすんなりそなたの下に集ったか」

「いいえ」

伊達家が小次郎という内紛の種を抱えていることくらい、政宗も理解していた。今でも輝宗が睨みをきかせているおかげで、その一派は大人しくしているだけで、隙あらば、家督を小次郎へ継がせ、最上と手を組もうと考えている。

「なぜ今なのか考えたのか」

「わかりませぬ」

輝宗の意図を政宗は計りかねていた。

「これ以上小次郎どのの元服を延ばすことはできまい。すでに小次郎どのも十五歳をこえた。いくらなんでも前髪をつけたままでは外聞も悪かろう。近いうちに元服と初陣をさせねばならぬ。そうなれば、小次郎どのも一人前じゃ。公然と小次郎どのに家督をと言い出す輩が出てきておかしくあるまい」

虎哉宗乙の言う輩が母義姫だと政宗もわかっていた。

「その前に家督を譲ってしまえば、文句は出まい」

「はい」

ようやく政宗は父の思慮を理解した。

「家中が割れる。伊達が三代にわたって繰り返した悪癖じゃ。それを防いでくれただけでもありがたいと思わぬか。事実、輝宗さまは、そなたにとって百害しかない奥方と小次郎どのを米沢城から連れ去ってくれた。二人を目の届くところに置いて、担ぎ出そうとする連中へ睨みをきかせてくださっておられるのだ。感謝して、立派な当主となるべく努力すべきであろう」

「はい」

こんこんと諭された政宗はうなずいた。

「胸を張れ。そなただけが、伊達の当主なのだ。下を向くことはもう、生涯許されぬ」

虎哉宗乙の励ましを政宗は受けた。

直後、長く敵対していた大内定綱が、政宗の家督相続を祝うと称して米沢へと訪れた。

長く伊達に属していた大内であったが、近年は蘆名や佐竹の配下として反抗していた。

「長年に及ぶ無礼を詫び、今後は伊達に忠節を尽くそうと思いまする。つきましては、米沢へ妻子を伴いたく存じますゆえ、屋敷を賜りたく」

政宗の前へ、大内定綱が平伏した。

「よき心がけである。しかと働け」

政宗はすぐに認めた。

大内の領土である安達郡塩松を伊達が手にできれば、その影響は大きかった。まず蘆名、二階堂ら敵対している勢力を減らせ、さらに三春城の田村清顕との連絡が容易となる。

「かたじけなし」

そのまま大内定綱は、米沢で年を越した。

「妻子を引き連れて、雪解けのころには戻りまする」

年賀を祝ったあと、妻子を引き連れるため、一度塩松へ戻った大内定綱は、春を過ぎても米沢へ出仕してこなかった。

「伊達の当主若年につき、頼むにあたわず」

大内定綱はふたたび、蘆名のもとへ走ったのであった。

聞いた政宗は激怒した。

「大内定綱、許すまじ」

政宗は軍勢の参集を命じた。

「それほど蘆名がよいならば、頼る柱をなくしてくれるわ」

怒った政宗は、大内定綱ではなく、蘆名を攻めると宣した。

「よせ。蘆名は大きい。一時の感情で手出しをしてはならぬ。ここは大内定綱だけに的を絞るべきである」

館山から駆けつけた輝宗の諫(いさ)めも、頭に血ののぼった政宗には届かなかった。

「伊達の当主であるわたくしが、侮られたのでございまする。このままでは、近隣の国人どもへ示しが付きませぬ」

頑(がん)として政宗は聞かず、天正十三年(一五八五)四月、米沢を進発した。

輝宗が強く引き留めなかったのにも理由はあった。

蘆名の内部が大きく揺らいでいたからである。

ことの起こりは天正三年（一五七五）までさかのぼる。蘆名を奥州の雄にまで引きあげた盛氏が隠居し、そのあとを継いでいた一子盛興が病死した。やむなく蘆名氏は一族ではありながら、二階堂氏からの人質として預けられていた盛隆を跡継ぎとした。それも盛氏が生きて睨みをきかせていたころはよかった。しかし、盛氏が天正八年（一五八〇）に死去すると、傍系から入った当主盛隆への不満が爆発、天正十二年、宿老たちの反乱により盛隆は殺された。蘆名氏を二分する騒動に発展するかに見えた騒動は、羽柴秀吉の介入で未然に防がれた。しかし、蘆名氏のなかにひびが入ったのは確かである。伊達にとって千載一遇の好機であった。

数万の伊達勢は、檜原へ兵を進めた。

「小十郎任せた」

「はっ」

政宗の内意を受けた片倉小十郎は、一隊を率いて白河義広の重臣松本弾正の居城関柴を攻めた。

「とても敵(かな)わじ」

猛攻を受けて松本弾正は降伏、伊達は幸先のよい戦勝を得た。

「次は猪苗代(いなわしろ)じゃ」

勢いに乗った政宗は蘆名氏の一門で武名の高い猪苗代盛国(もりくに)を寝返らせようと画策した。蘆名氏の一門でありながら、宗家との折り合いが悪く独立したがっていた猪苗代盛国は伊達の誘いに乗ろうとしたが、息子の盛胤(もりたね)の反対に遭い、ことは流れた。

「ならば、力押しで猪苗代城を落とすまでよ」

軍配を振ろうとした政宗のもとへ、留守政景が駆けこんできた。

「殿、たいへんでございまする」

「陣中でなにごとぞ」

「大内定綱が兵を率い、三春へ攻めかけておりまする」

問われた留守政景が答えた。

「なんだと」

政宗は驚愕した。

「蘆名にかまけている場合ではございませぬ」

「ううむう」

檜原を押さえた政宗は、軍を退くのを渋った。

「田村が落ちれば、伊達は四面楚歌となりまするぞ」

「わかっておるわ」

政宗は留守政景の諫言よりも、米沢城で見送ってくれた愛姫の姿を思い出していた。

「舅どのを見捨てることはできぬ。一度兵を下げる。信康」

撤退を決意した政宗は、武将の一人後藤信康を呼んだ。

「関柴を預ける。要り用なところへ砦を築き、蘆名の侵攻を許すな」

「承って候」

引き受けた後藤信康を残して、伊達勢は米沢へ戻った。

伊達勢が蘆名に釘付けとなっていればこそ、大内は田村を攻められた。伊達勢が米沢へ戻ったにもかかわらず、田村へ兵を出していれば、背中から襲われる。大内定綱も合わせて塩松へと退却した。

「婿どのよ」

三春から米沢まで田村清顕が軍議に参加すべく馬を走らせてきた。

「やはり大内定綱を先に討つべきであろう」

田村にとって、蘆名より大内が問題であった。

「承知つかまつった。では、まず大内を滅ぼしましょうぞ」

蘆名を討つには伊達の全力を向けねばならぬと気づいた政宗は、田村清顕の言葉にうなずいた。

「よい手はござらぬか、舅どの」

「伊達と境を接している大内方の刈松田の城主青木修理を勧誘いたせばよろしかろう。修理は伊達との戦いで疲労しておりまする。それにようやく伊達と和睦がなり、領地の内政に勤しめると思ったところで、この状況。大内定綱へ不満を持っておりましょう」

田村清顕が策を語った。

敵対している大名と境を接している者は哀れである。稔りの季節に兵を入れられ、年貢も集められず、そのうえ、戦いとなればいつも先陣を命じられる。それに見合うだけ主君が報いていれば問題ない。でなければ火種となりかねなかった。

「妙手でございまする」

政宗はただちに青木修理へ内応の手紙を送った。

「お味方つかまつる」

あっさりと青木修理が寝返った。

「大内定綱を討つ」

閏八月、伊達、田村の連合軍が、大内定綱の籠もる小手森城へと攻めかかった。

「なんの」

小手森城も頑強に抵抗した。

蘆名を始め、岩城、畠山の援軍も到着、戦は長引くかのようにも見えた。

「まだるっこしいことよ。殿。吾に先陣をお任せあれ。あのていどの城など、一日で落としてご覧に入れようぞ」

戦が始まって二日目、伊達成実が政宗に願い出た。

「任せた」

歳下ながら伊達成実の武は政宗をはるかにしのぐ。政宗は先陣を許した。

「おうよ」

大きく首肯した伊達成実は、翌朝、まだ暗いうちから兵を率いて、小手森城へ猛攻をかけた。

「押せ、押せ、押せ」

自らが先頭に立つ伊達成実の率いる兵に弱卒はいない。たちまちにして小手森城の城門は破られ、本丸も昼過ぎには落ち、小手森城は降伏した。

「なに、大内定綱がおらぬだと」

城へ入った政宗は、大内定綱がすでに逃亡したと聞いて、怒りを爆発させた。

「人を若年と嘲(あざけ)っておきながら、城を枕に討ち死にする覚悟もなく逃げ出すとは、卑怯未練な奴め。その臆病の報い、どうなるか、思い知るがいい」

大内定綱へ政宗は最大の敬意を払っていた。米沢で屋敷が欲しいというので、一門に準じた大きなものを用意してやった。また、伊達家恒例の年賀にも招き、重臣にひとしいだけの扱いで遇した。それでありながら、政宗を見限ったのだ。伊達の家督を継いだばかりでその重圧に耐えようとしていた政宗にとって、まさに大内定綱の行為は、屈辱であった。

政宗は侮られた恨みを忘れていなかった。また当主となったことで、父輝宗に負けまいとする矜持も強くなっていた。

「今後の見せしめにする。伊達を謀った者の末路である。城内に残りし、命あるものすべてを撫で切りにいたせ。女子供、牛馬も残さず」

政宗が叫んだ。

「それは……」

伊達の各将たちが息をのんだ。

天下が羽柴秀吉によってまとめられつつあるにもかかわらず、未だ奥州は戦乱のなかにある原因の一つに絡み合った血族関係があった。伊達稙宗のおこなった婚姻策が、大きく糸を引き、どこの大名も何代かさかのぼれば血縁で結ばれていた。儂にも某の血が流れている。ならばあの土地を領する資格があると侵略を起こし、負けても親戚ということで命まで取られることはない。奥州の戦は相手を滅ぼすまではしないという暗黙の了解のもとでおこなわれていた。

当然、大名だけでなく家臣たちも血縁で結ばれていることが多い。普段は敵対していても、行事で隣同士に座り歓談するのだ。政宗の命は、まさに青天の霹靂であった。

「殿、思いとどまりくだされ」

何人もの将が政宗を止めた。

「ならぬ。伊達を甘く見た報いを天下に示せ」

政宗は頑として聞かなかった。

「我らは奥州の覇王となる。ためにはどのような悪鬼羅刹の道であろうともひるむことはない。いや、魔を断つ不動明王と余はなる。そなたたちは、吾が降魔の剣である」

「承った」

二の足を踏む諸将のなかから、留守政景と伊達成実が声をあげた。

重臣二人が賛同すれば、あとは一気であった。

「鬼か」

「伊達は狂ったか」

城だけを取り、捕虜は解放するという慣例を破り、八百人をこえる男女を撫で切りにした伊達の所業は、周辺の大名、国人領主たちを震撼させた。

「大内定綱の首見るまでは矛を収めぬ」

伊達の軍勢は休むことなく、大内定綱の逃げた小浜城を攻め立てた。

「吾に味方すれば、所領安堵のうえ、新たなる領地を与える。刃向かうならば、小手森同様、根絶やしにしてくれる」

と同時に、大内家の重臣である塩松玄蕃、小島丹波らに恩賞を約して内応を促した。

「勝てぬ」

蘆名らの援軍もなく、重代の家臣の裏切りと伊達の猛攻に耐えかねた大内定綱は、居城小浜を捨てて二本松へ敗走した。だが、政宗の怒りは収まらず、さらに軍勢を差し向けた。

「とても相手にできぬ」

執拗な政宗の追撃に、大内定綱へ味方する者は櫛の歯が欠けるように減っていった。

「このままでは、儂まで滅びる。出て行ってくれ」

苛烈な政宗のやり方に、震えあがった二本松城主畠山義継が、大内定綱を追い出した。

見放された大内定綱は、蘆名を頼って会津へと落ちていった。

「次は畠山じゃ」

政宗の怒りは続いた。

天正二年（一五七四）以来、伊達家に服していた畠山義継だったが、大内定綱の息子に娘が嫁いだという縁で小手森城へ援軍を出していた。さらに、一時とはいえ、大内定綱の身柄を匿った。あきらかな伊達への反乱であった。

「しくじった」

畠山義継は大内定綱を逃がしたあと、急いで平服に身を替え、輝宗のもとへと伺候した。

「この度の不明、深くお詫び申しあげまする。なにとぞ、おとりなしを」

平伏して畠山義継が、輝宗へ斡旋を願った。

「伊達の頭領は政宗じゃ。口をきいてはやるが、厳しいと思え」

輝宗の言うとおりとなった。政宗によって、畠山義継はわずか五カ村だけの大名ともいえぬ小身代へと落とされた。

こうして塩松地方は伊達のものとなった。

## 三　断腸

伊達の配下でありながら大内定綱についた畠山義継は、小手森城を撫で切りにした政宗の覚悟に驚愕し、輝宗を頼って降伏した。

「命だけは助けてやる」

輝宗の仲立ちもあり、政宗は畠山義継を許したが、その所領のほとんどを取りあげた。

「これでは家臣たちを養っていけませぬ」

わずか五カ村のみを残された畠山義継が悲鳴をあげた。

「背いたわたくしはどのような罰を受けてもよろしゅうございまする。なれど、家臣たちは従っただけ。せめて家臣たちを伊達の直臣（じきしん）におとり立ていただき、従来の家禄をあたえてやっていただきたい」

「ならぬ。家臣ともどもに伊達へ弓引いたのだ。それを直臣として抱えるなど、獅子身中（ししんちゅう）の虫を自ら飲むもおなじである」

厳しく政宗は拒んだ。

「やりすぎではないか。せめて畠山の祭祀が続けられるだけはくれてやれ」

輝宗も諫めたが、政宗はきかなかった。

「戦うだけの力を残しておくゆえ、伊達を裏切ろうとするのでございまする。兵を養えねば、謀叛することもありませぬ」

当主となったばかりで、侮られたくないと考えていた政宗は、首を振った。

「伊達の当主はそなただ。隠居がこれ以上言うのもよくなかろう」

三代にわたって親子相克をしてきたことが伊達の衰退を招いたのだ。輝宗が引いた。

「御礼を言上したい」

輝宗の斡旋のおかげで助かった畠山義継が、十月八日、輝宗のいる宮森城へ伺候した。平服で連れている家臣も二十騎ほどと降将らしい出で立ちであった。

「よくぞ、お出でだ」

城の玄関まで輝宗が出迎えた。

すでに畠山義継が来ると連絡を受けていた。宮森城では宴席の用意をし、伊達成実、留守政景ら重臣たちも集まっていた。

「裏切り者の顔を見るのも不快でござる」

一人政宗だけが、参加を拒んで巻き狩りに出ていた。

「このたびのこと、受心さまのおかげでございまする」

宴席に着く前、畠山義継が深い感謝を述べた。

「いやいや、義継どのの決断でござる。よくぞ我慢してくださった」

隠居して僧門に入り、受心と名乗っていた輝宗が首を振った。

「今はご当主どののお怒りが続いておりますので、厳しい処断となっておりまする。とはいえ、今後、義継どののお働きいかんでは、旧領回復するのも難しくはございますまい。わたくしもおりに触れて口添えいたしますゆえ」

「かたじけなきお言葉、義継、伊達へ永遠の忠誠を誓いまする」

義継がふたたび平伏した。

「堅苦しい話はこれにて終わりましょうぞ。なにもござらぬが、一席設けましてござる」

輝宗の合図で、酒が運ばれた。

伊達から七名、畠山から五名、合わせて十二名のささやかな宴席は、和(なご)やかに進んだ。

「随分と馳走になりました」

一刻ほどで宴席は終わり、義継が礼を述べて立ちあがった。

「いやいや、これからは同じ家中として力を合わせて参ろうぞ」

にこやかに笑いながら輝宗も腰をあげた。

それぞれの重臣たちも談笑しながら、館から城の門まで歩いた。

「殿」

玄関の前で待っていた義継の家臣が、耳打ちをした。

「さきほど厠(かわや)を借りるために城中へ入りましたところ、城の兵たちが武具の手入れをしながら、畠山も滅ぼしてしまえと申しておりました」

「なんだと」

さっと義継の顔色が変わった。

乱世でしかも戦いが終わったところである。城の兵が遣った槍や刀、鎧などの修繕、手入れをするのは当たり前である。

また、降伏した敵将への恨みやさげすみもある。殺し合ったのだから当然であった。そして勝者には驕る権があった。

しかし、政宗の苛烈さを見せつけられたばかりの畠山にとって、冗談ではなかった。ましてや、その勢力を半分以下にまで削られたのだ。今度戦えば、まさに鎧袖一触になる。

「あの様子では、帰りに襲うつもりやも知れませぬ」

家臣が続けた。

「どうかされたか」

急激に変化した義継たちの様子を輝宗が気にした。

「たばかったなあああ」

不意に義継が叫んだ。

「な、なんのことだ」

血走った目の義継に輝宗の腰が引けた。

「我らが無事に帰るまでの人質じゃ」

義継が輝宗を押さえこんだ。

輝宗も小柄ではなかったが、大兵の義継によってあっさりと抱えられてしまった。

「なにを」

「黙れ」

抵抗する輝宗を殴りつけて黙らせ、義継が馬へと乗りこんだ。

「狼藉（ろうぜき）をするか」

ついてきていた伊達成実、留守政景らが迫ろうとするのを、義継の家臣たちが太刀を抜いて牽制した。

「そのようなことをして、どうなるかわかっておるのだろうな」

「滅びるならば、伊達も道連れじゃ」

騎乗した義継が怒鳴り返した。

「者ども、城へ帰るぞ」

二十騎ほどの畠山勢が駆け出した。

「馬を引け」

「後を追え」

伊達成実と留守政景が叫んだ。

「殿へお報せせよ」

馬腹を蹴りながら留守政景が命じた。

「なんとしても川を渡らせるな」

阿武隈川をこえれば、かつての畠山領である。伊達のものにしたとはいえ、まだ支配しているわけではない。川をこえられれば、一挙に不利になった。

宮森城にいた全兵士が武装もしないまま、走った。


「ほうほうほう」

勢子（せこ）役の足軽たちが、太鼓、鉦（かね）を鳴らしながら、奇妙なかけ声をあげて山頂から獲物を追い落としていた。

巻き狩りは戦の練習にもなると、武将たちに好まれていた。獲物を追う足軽、それを待ち構え、政宗のほうへ誘導する武者と戦陣での動きに近い。さすがに政宗は鎧兜を身につけていないが、足軽や将たちは軍支度で参加していた。

「殿、鹿でござる」

片倉小十郎の指先に、大きな雄鹿がいた。政宗は持っていた弓を引きしぼった。

「よき獲物じゃ」

政宗の射た矢が雄鹿の首を貫いた。

「ふむ」

満足そうに首肯した政宗のもとへ、血相を変えた使者が来た。

「申しあげます。畠山義継、大殿さまを掠い、二本松へと逃げましてございます
る」

「なんのことだ」

予想外の話に政宗は理解できなかった。

「詳細をのべよ」

「ときがございませぬ。同道しながらのご説明をお許し下さいませ」

使者が急かした。

「なんということぞ」

馬を駆けさせながら事情を聞いた政宗は絶句した。

「愚か者が」

政宗は義継をののしった。

「助けてやった恩を忘れおって……大内といい、畠山といい、余を侮るにもほどがあろう」

「殿、まずは大殿さまをお助けすることが先決」

頭に血ののぼった政宗を小十郎が諫めた。

「そうであった。者ども急げ」

少し政宗が落ち着きを取り戻した。

咄嗟のことで満足な武装もできなかった伊達成実と留守政景は、ただ義継らを追いかけるだけになっていた。

「こちらへ行かさぬ」

最短で二本松へ戻ろうとする畠山一行の前に、留守政景が兵を率い立ちふさがった。

「くっ。回りこめ」

すでに田の稲刈りはすんでいたが、道と違い、ぬかるんでいる。

「そうはさせぬ」

迂回しようとした畠山勢を、今度は伊達成実がじゃまをした。

地の利を使った二人の采配は、畠山から輝宗を取り返すまではいかなかったが、その足を遅くすることには成功していた。

「うっとうしいやつらめ」

義継が吐き捨てた。

「ついてくるな」

抜いた懐刀を鞍の前へ横たえた輝宗の身体へ模し、義継が脅した。

「くっ」

輝宗を人質にされては、どうしようもなかった。二人は遠巻きに義継らを追いかけることしかできなくなった。

阿武隈川が見えてきた。

「殿はまだか」

普段落ち着いている留守政景が焦った。

「死ぬ気であたりましょうぞ」

伊達成実が留守政景へ言った。

「無理を言うな。我らが義継の首を取る前に、大殿さまのお命はないぞ」

留守政景が首を振った。

「なれど、このままでは……」

「わかっておる。わかっておるが……」

伊達一の名将と讃えられる留守政景にもどうしようもなかった。

「殿でございまする」

兵の一人が後ろを指さした。

「おおっ。殿がお見えじゃ」

留守政景と伊達成実がほっとした顔をした。

阿武隈川の河原は、石や岩が多く、名馬でも駆けとおすことは難しかった。速度の落ちた義継一行を、ようやく政宗は目にした。

「申しわけございませぬ」

近づいた留守政景が頭を下げた。

「あとだ」

政宗は詫びを一言で切って捨てた。

「左右より圧迫をかけよ。よいか、決して近づきすぎるな」

付いてきた軍勢へ政宗が指示した。

「お任せあれ」

馬に慣れた武者が、手綱を操って駆けだした。

「来るな。こやつを殺すぞ」

伊達の武者へ義継が怒鳴った。

輝宗を運んでいる義継は、どうしても遅くなる。そのおかげで政宗たちは追いつくことができた。

「獲物か、父は」

鞍の前へうつぶせに横たえられている輝宗と、政宗が巻き狩りで仕留めた鹿が被った。

父の命が義継の手にあるとあらためて感じた政宗の血が凍った。

「いかがいたしましょう。川を渡られれば……」

小十郎が政宗の決断を促した。

「取りあげた所領と父を交換とはいくまいな」

「はい。すでに畠山の不信は極に達しておりまする。殿のお言葉を信じることはありますまい」

はっきりと小十郎が否定した。

「なにより、殿もお許しになるおつもりなど、ございますまい」

「ああ。これを許しては、小手森城の仕置きが無駄になる」

確認する小十郎へ政宗はうなずいて見せた。

「ならば、誰か畠山の部将を捕らえ、大殿さまと交換するしかございますまい」

「それほどの値打ちを持つ者など畠山にはおらぬ。伊達の首根と同じだけの価値を持つ者などな」

吐き捨てるように政宗は言った。

「おりますまい」

小十郎も認めた。

「どうなさいまするか」

あらためて小十郎が問うた。

「…………」

隻眼(せきがん)をすがめて政宗は、輝宗を見た。

「小十郎」

「はっ」

「見るがいい。父の身体が動かぬ」

「……たしかに」

政宗の意を悟った小十郎が同意した。

「考えてもみよ」

周りに聞こえるように政宗は声を大きくした。

「黙って連れ去られるような父ではない。その父が動かぬというのは……」

政宗は一度口を閉じた。

「父はすでに死んでいる」

政宗が断じた。

「なっ……」

「ううむ」

伊達成実と留守政景が絶句した。

「宮森城からここまでどれだけの距離がある。その間、父がなにもしなかったとでも、そなたたちは思うのか」

「いいえ」

小十郎がまっさきに否定した。

「片倉……」

「小十郎なにを」

その意を悟った留守政景と伊達成実が驚愕した。

「殿、わたくしが」

静かに小十郎が申し出た。

「ならぬ」

厳しい声で政宗が拒んだ。

「これは当主である余の任じゃ」

「それでは殿に父殺しの悪名がつきまする。わたくしならば……」

「それ以上言うな。余は、この奥州に平穏を取り戻すと決めたのだ。伊達の名をもって平定する。そのためにならば、余はなんでもしてのけよう。伊達の名で起こしたすべては、余が責を負う」

なおも迫る小十郎を政宗は制した。

「弓と鉄炮を」

「…………」

後ろに控えていた弓頭が首を振った。

「殿のご命である」

留守政景が促した。

「おまえができぬのならば、儂がやる」

伊達成実が弓頭へ迫った。

「……承知いたしましてございまする」

弓頭が首肯した。

「鉄炮用意」

巻き狩りにと政宗は数人の鉄炮足軽を連れてきていた。足軽鉄炮隊を組めるほど、伊達家に鉄炮はまだなかった。鉄炮は弓頭の指揮のもとにあった。

鉄炮を背にくくりつけて随伴していた武者が、馬から下りた。

「義継だけでいい。外すな」

政宗は前へ出た鉄炮足軽たちへ指示した。狩りの途中だったのだ。すでに鉄炮の用意はできていた。

「構え」

弓頭が合図した。

伊達勢の雰囲気の変化は、義継にも届いた。

「脅しなら止めておけ。鉄炮ごときに膝を屈する吾ではないわ。一発でも放ってみよ、ただちに輝宗を刺す」

義継が抜き身を輝宗の腹へ突きつけながら、振り返って叫んだ。

鉄炮足軽たちが政宗を見上げた。

「放て」

冷静に手をあげた政宗は、合図とともにその手をおろした。

轟音が河原を覆った。

「馬鹿な。本当に撃ってきた」

畠山勢が動揺した。

「弓隊、続けよ」

鉄炮は一度撃てば、次弾の発射まで手間がかかった。

「射貫け」

ふたたび政宗は手を振った。

一斉に弓が飛んだ。

「ぐっ」

一矢が義継の背中に突き刺さった。

「親殺しの畜生め。思い知れ」

きっと政宗を睨みつけた義継が、輝宗の腹へ刃を突き立てた。突き刺しては抜いて、また突き刺してを繰り返した。鞍の上で輝宗が一度だけ跳ねた。

「じゃまだ」

義継が輝宗を鞍から落とした。

「見たか。畠山義継が、父を殺した」

政宗が叫んだ。

「弔い合戦じゃ。一人も生かすな」

火を噴くような声で、政宗が告げた。

「承って候」

「おうや」

巻き狩りに参加していた兵たちから槍を受け取った留守政景、伊達成実が走り出した。

「わたくしも参りまする」

小十郎も駆けた。

誰もが気づいていた、輝宗が生きていたことを。そして政宗が主殺しの汚名を家臣たちに着せたくないと考えていたのを理解していた。

「…………」

怒りに狂った伊達勢と死兵となった畠山勢の戦いは凄惨なものとなった。

「きさまらああ」

懐刀を捨て太刀を抜いた義継も奮戦した。

「命を助けられた恩を忘れた鬼畜の分際で、人がましい顔をするな」

槍で伊達成実が義継を突いた。

「どちらが鬼か、小手森城で死んだ者たちへ訊いてみるがいい」

かろうじてかわした義継が罵(ののし)った。

「おまえが訊いてこい」

伊達成実が大きく槍を振るった。

「わっっ」

槍で殴られた義継が落馬した。

「死ね」

止(とど)めを伊達成実が刺した。

義継を討ち取られた畠山勢はほどなく全滅した。

「殿……」

輝宗の遺体を抱きかかえて、留守政景が戻ってきた。

「ご苦労であった。誰ぞ、宮森城へ戻り、軍旗と戸板を用意いたせ。父を運ぶ。着替えを忘れるな」

留守政景をねぎらった政宗が、足軽の一人へ命じた。

「…………」

政宗が留守政景から輝宗を受け取った。

「……義継の首にございまする」

伊達成実が落とした首の髻（もとどり）を持って跪（ひざまず）いた。

「よくぞ仕留めた。胴体はどうした」

「あちらに」

「……四肢を切り離し、素裸にせよ。そのあと縄で首と手足、身体を繋げ。戻した後、河原に杭を立て、二本松へ向けて晒（さら）せ」

「他の者の死骸はいかがいたしましょう」

「捨て置け。獣の餌にせよ」

氷のような表情で、政宗は言った。

「わたくしが……」

小十郎が政宗を気遣って輝宗の遺体を受け取ろうとした。

「よい。余が支える」

政宗は首を振った。

「父上……」

眼を政宗は閉じた。留守政景、伊達成実、片倉小十郎ら、側に居た者全員が、政宗に背を向けた。

政宗は輝宗の愛情を思い出していた。醜いと母に嫌われた政宗をずっと慈しみ続けてくれた父は、将来の禍根を断つべく若くして隠居し、家督を譲ってくれた。政宗が今あるのは、まさに輝宗のおかげであった。

政宗の隻眼からしずくが流れた。

戸板と軍旗が来るまでの一刻余り、政宗はずっと輝宗を抱きかかえていた。

「殿」

「ああ」

留守政景に促されて、ようやく政宗は輝宗の遺体を手放した。

輝宗の遺体は、濡れた衣服を着替えたうえで、戸板に乗せられ、軍旗で覆われた。

「宮森城まで戻るぞ」

政宗が馬にまたがった。

中央に輝宗を乗せた戸板を配して、粛々と行列が動き出した。

「小十郎……」

しばらくして政宗が小十郎を呼んだ。

「余は、今より鬼となる」

「………」

小十郎が沈黙した。

「このようなことが二度と起こらぬようにするには、伊達の名を聞いただけで、逆らおうという気をなくさせるしかない」

淡々と政宗は述べた。

「鬼に付いてきてくれるか」

「殿が鬼になられるならば、我ら家臣一同修羅となってみせましょう」

答えたのは小十郎ではなく、留守政景であった。

「死して地獄へ落ちるならば、現世でどれほど憎まれようとも同じでござる。殿よ、遠慮なく我らを遣いたまえ」

伊達成実が続けた。

「これから厳しい日々が続くぞ。休む暇もなくなろう」

政宗は輝宗の存在が、周囲の大名たちとの軋轢を少なくしていたと知っていた。

輝宗は戦いよりも外交を重んじ、伊達の苦境を改善してきた。田村清顕の娘と政宗の婚姻もその一つである。隠居したとはいえ、穏やかな輝宗が生きていればこそ、伊達は四面楚歌になっていなかった。この度の畠山義継でもそうであった。輝宗の仲介を期待したからこそ、義継は降ったのだ。

その輝宗が死に、政宗は畠山義継の死体を辱めた。伊達に含むものを持つ者が黙っているはずもなかった。

「承知いたしております。休みが欲しければ、死んでからとりましょう。生きている間は、どのようにこき使われてもけっこうでござる」

小十郎が力強く語った。

「……頼んだ」

一度輝宗の遺体へ振り返った政宗は、そう言うと前を向いた。

# 第四章　戦火再燃

## 一　仇敵の戦い

「二本松を落とすまで、父の葬儀はせぬ」

輝宗の遺骸を荼毘(だび)に付したあと、米沢へ戻った伊達政宗は、すぐに陣触れを発した。

「承知つかまつった」

留守政景が集まった家臣を代表して、受けた。

「当主を失った城などなにほどのことがあろう」

政宗は、五千の兵を率いて、輝宗の初七日に軍を発した。

阿武隈川をこえて、伊達軍が二本松城へと迫った。

「小城ぞ、ひともみに潰せ」

大きく政宗が軍配を振った。

「おおおっ」

一年前まで当主だった輝宗を殺されたのだ。伊達の兵の怒りはすさまじいものであった。

「かかってこい」

対して二本松畠山勢の士気も高かった。

畠山にしてみれば、伊達の仕置きは我慢ならなかった。畠山の前に伊達に反抗した大内家の小手森城は、撫で切りにされ、誰一人生き残らなかった。そして降伏したにもかかわらず、伊達は畠山の所領の大半を取りあげた。

一所懸命という言葉からもわかるように、武士にとって所領ほどたいせつなものはない。大名に家臣たちが従うのも、所領を、禄をもらえるからである。その生活の糧を無慈悲にも取りあげたのが政宗なのだ。なにより、負ければ小手森城以上の扱いが待っていた。

輝宗を連れ去ろうとした畠山義継を殺した政宗は、その四肢を一度切断したうえで、縄で縫い合わせてから磔(はりつけ)にしている。これだけでも政宗の怒りは類推できた。今さら降伏したところで、無事ですむはずはなかった。

互いに怒りをもっての戦いである。緒戦から激烈を極めた。

二本松城は阿武隈川の西北に位置する百丈ほどの丘の頂上を削って造られていた。山城というほどのものではないが、城門へいたる道は細い。

「力押しに押せ」

留守政景が兵たちへ命じた。

しかし、大軍が通るには道が狭すぎるうえに、いたるところに空堀や堀切が設けられ、なかなか思うように進めなかった。また天候も畠山に味方した。

降り出した雪が、あっという間に積もり、進軍の速度を遅くした。足の止まった兵など弓矢の練習用の的とかわらない。

「放て」

畠山勢は、丘のあちこちに兵を潜め、弓矢で攻撃してきた。

「ぎゃっ」

「うわあ」

矢を受けた伊達の足軽が、悲鳴をあげて倒れていく。

「持ちこたえろ。城門にたどり着けば、このていどの城、一日かからぬ」

伊達成実が叫んだ。

猛将の鼓舞も、雪には勝てなかった。足下が悪いだけでなく、吹き付ける雪は兵たちの目も奪った。地の利をおさえていない敵地で、手探りの攻めが効果を発揮するはずもなく、日が暮れるまでかかっても、伊達の軍勢は城門へ取り付けなかった。

「退け、退け」

日没前に、留守政景が兵を下げた。暗くなってしまえば、地形をよく知らない伊達勢はますます不利になる。なにより、この雪のなかで立ち往生してしまえば、凍死しかねない。

「燃やしておけ」

撤退を指揮しながら、留守政景が破壊した城の外郭へ火を付けさせた。夜のうちに修復されては、また苦労しなければならなくなる。

「はっ」

うなずいた兵が油をかけ、火を放った。これは同時に畠山勢の追撃を阻む意味もあった。だが、雪はその火まで消してしまった。

「どうだ」

麓（ふもと）の本陣で待っていた政宗が問うた。

「なかなか手強うございまする」

疲れた顔で留守政景が言った。

「落とせるか」

「兵の損耗を考慮せずともよろしければ」

留守政景が答えた。

「それはならぬ」

政宗が却下した。

「父の敵（かたき）は討たねばならぬ。なれど、無駄に兵を費やしては、今後の戦いで勝ち抜けぬ」

「ご明察でございまする」

叔父でもある留守政景が感心した。

「では、包囲して、兵糧が尽きるのを待ちましょうや。この策ならば、雪は逆に我らの味方となりまする」

降り積もった雪は、攻めのぼる伊達の足かせとなったが、城から出ようとする畠山の動きを掣肘(せいちゅう)する。

「これならば、一兵も損ずることなく城を落とせましょう」

羽柴秀吉による鳥取(とっとり)城の干殺しは、奥州にも伝わっていた。

「どのくらいときがかかる」

提案した留守政景へ政宗が訊いた。

「城の蓄えを食いつぶさせねばなりませぬ。といったところで、先日まで大内定綱の一党を匿っておりましたゆえ、かなり消費はしておりましょう……およそ二カ月もあれば」

留守政景が述べた。

「干殺しか」

政宗が繰り返した。

食糧の調達を阻害し、兵を飢えさせる干殺しほど残酷な城攻めはなかった。食べるもののなくなった兵たちは、馬を殺し、松の皮をはがして飢えをしのごうとするが、それも長くはもたない。最後には、互いを殺し合って共食いすることになる。

「卑怯な家中の者どもには、似つかわしい末路であるか」

「殿」

暗い声で呟いた政宗を片倉小十郎が止めた。

「わかっておる」

政宗が苦い顔をした。

「これ以上悪名は避けよと言うのであろう」

「だけではございませぬ」

小十郎がじっと政宗の顔を見た。

「なぜ畠山の重臣どもは、国王丸（くにおうまる）どのを奉じて逃げ出さぬのでございましょう」

死んだ畠山義継の跡は、嫡男の国王丸が継いだ。まだ元服もしておらず、初陣もすませていない。いわば、戦国武将としてまだ半人前でさえない。

普通ならば、遺児を抱きかかえて伊達と敵対している蘆名や佐竹へ逃げ出し、そこで兵を借りて奪われた城と所領を取り返そうとする。もちろん、ただで助力などしてくれるはずもなく、それ相応の見返りを差し出さなければならないが、それでも滅ぼされるよりはましであった。

「我らを撃退するだけの自信があるのか」

「ございますまい」

留守政景が否定した。

「畠山は伊達に膝を屈しましてございまする。すなわち伊達に負けたのでございまする。そんな弱い者に国人たちは付いていきませぬ。今籠城しておるのも、畠山累代の臣と伊達へ恨みのある国人どもだけ。数にしてせいぜい二千というところでございましょう」

冷静な口調で留守政景が告げた。

「もう一度畠山へ国人どもが与(くみ)することはないのか」

「今は様子を見ておりましょう。我らが無様な負け戦をいたせば、そのあたりから国人たちが殿の首を狙って襲い来るやも知れませぬ」

「ふむ」

脅すような留守政景の言葉にも、政宗は動じなかった。

「そのようなもの、逃げ出さない理由にはならぬぞ」

「なんの話をしておるのだ、おぬしらは」

わからぬと伊達成実が首をかしげた。

「援軍が来るというのだな」

政宗が留守政景と小十郎を睨んだ。

「おそらく」

小十郎が首肯した。

「あの日、大殿さまが、義継によって害されてから、攻めるまでおよそ十日が経ちましてございまする」

「くっ」

唇の端を政宗がゆがめた。

政宗の腕には、まだ死した父の重みが残っていた。

「義継に従っていた畠山の者どもは、すべて討ち取りましてございまするが、その日のうちに、次第は二本松城へ聞こえましたでございましょう」

「我らが来るまで十分なときがあったと」

「はい」

「蘆名か佐竹へ、いや、その両方へすがったか」

「わたくしならば、そういたしまする」

確信を持って小十郎が口にした。

「それだけではございますまい。それこそ、上杉や白河などにも使者くらいは出しておりましょうな」

留守政景も同意した。

「それらが兵を出すか」

「出しましょう」

はっきりと小十郎が断言した。

「田村と同盟し、相馬とも和解いたしました。我らは南への怖れを払拭できましてございまする。すなわち、全軍を北や西へ向けることができまする。そして、殿が奥州平定を悲願とされているのは、周知されておりまする」

「…………」

黙って政宗は聞いた。

「ここで二本松城まで伊達のものとなれば、安達から会津までが脅かされることになりまする。蘆名も佐竹も、その他の者もこれ以上伊達が大きくなるのを許しはしますまい」

「いつ来る」

政宗が質問した。

「二本松が落ちる前、早ければ十一月の頭にも」

小十郎が答えた。

「それまでに畠山を滅ぼすか、兵を退いてそれらの来襲に備えるか……」

「ご指示を」

静かに小十郎が決断を求めた。

しばらく思案していた政宗が、顔をあげた。

「……兵を無駄に潰すのは愚将のすることである。されど、この戦い退くわけにはいかぬ。父の弔い合戦ぞ」

「ご決断、お見事と存じまする」

伊達成実が最初に賛同した。

「殿のご意思、たしかに承りましてござる」

続いて留守政景が頭を下げた。

「では、明日の戦の用意がございますれば、これにて」

「吾も」

留守政景と伊達成実が、本陣を出て行った。

「…………」

小十郎は無言であった。

「なにが言いたい」

赤子のころから仕えてくれている腹心へ、政宗が問うた。

「おわかりのはず」

「退くべきだと言うのであろう」

「はい」

政宗から目を離さず、小十郎が首肯した。

「伊達に付いていた小名どもにも不審な動きが見受けられておりまする」

小十郎が告げた。

「このようなときに、不要の軍を起こすのは控えられ、まず国内を鎮めてから、外征をなさるべきでございまする。畠山などいつでも滅ぼせまする」

「それくらいわかっておる」

苦い顔で政宗も認めた。

政宗の評判は決していいものではなかった。

母との仲が悪く、その実家である最上家との間も芳しくなかった。戦に情がない。そしてなにより、伊達の当主になるには若すぎた。

これらを抑えてくれていたのが輝宗だった。長く続いた伊達の内乱を収めた輝宗が後見としてついていればこそ、相馬家との和睦もなったし、多くの国人領主たちも従っていたのだ。その輝宗が死んだ。

政宗の手腕に不安を抱いている者、不満を持つ者が動き出すことは予想できた。

「ではなぜ」

「弔い合戦だけはやらねばならぬ」

膝を進めて迫る小十郎へ、政宗が述べた。

「隠居したとはいえ、父をかすめられ、そのうえ殺されたのだ。これをそのまま放置していれば、政宗には、父の敵を討つだけの気概もないと、国内外から侮られる。それだけは我慢ならぬ」

政宗は、己が若いことに不安を持っていた。

「なにより、戦場で討ち果たされたのならば、まだ父も浮かばれよう。それをあのような……」

最後まで政宗は口にできなかった。

政宗は、己の命じた攻撃が父輝宗の命を奪ったと知っていた。産みの母に嫌われた政宗をかばってくれた輝宗、その父を殺した己を政宗は許せなかった。

「畠山だけは滅ぼさずにおれぬ」

「殿……」

小十郎が悲しそうな顔をした。

「頼む。小十郎、一人にしてくれ」

「…………」

無言で一礼して、小十郎が下がった。

「父上、藤次郎はもう少し、お側にいたかった」

政宗のつぶやきを聞く者はいなかった。

翌朝、日が昇るとともに、伊達軍は攻撃を再開した。

「行け、行け」

将の督戦(とくせん)で膝まで埋まる雪を蹴散らしながら伊達の兵が坂道をあがっていった。

「懲りずにまた来たぞ。弓隊、用意」

野積みの石垣の上へ、畠山の弓足軽が並んだ。

「放て」

百をこえる矢が、伊達の先頭へと降り注いだ。

「あああ」

「矢が、矢が」

伊達の足軽たちの何人かが転がった。

「竹盾を頭上にかかげよ」

伊達成実が叫んだ。

いくつもの竹を三尺ほどの長さに切り、何本か束ねただけの盾だが、矢を防ぐには十分であった。まれに強弓で射貫かれることもあるが、威力は大きく減衰できた。

「押し返せ」

二本松城の城門が開き、槍足軽が飛び出してきた。

「わあああ」

竹盾を支えていた足軽たちの胴はがら空きであった。そこへ槍が突き出され、たちまち伊達の先頭は混乱に陥った。

「背を向けるな。竹束を捨てろ。ここまで来れば弓は遣えぬ」

先手の足軽を指揮していた将が怒鳴るが、一度恐怖に落ちた足軽たちの統率は難しい。

足軽のほとんどは、領地の農民を徴兵している。侍と違い、戦いへの心構えなどない。命の危険が迫ると、なりふりかまわず逃げ出す。

後ろへ逃げようとする足軽、前へ押し出そうとする将。この二つがぶつかれば、陣形などあっというまに崩れる。

「やむをえぬ。下がれ、下がれ」

歴戦の老臣である留守政景は、被害を小さくするため、軍勢をいったん下げた。

「見よ、伊達の逃げていく無様な姿を」

敗走する背中へ、畠山の将が侮蔑の言葉を投げた。

「相手にするな」

振り返ろうとした将を、留守政景が制した。

二日目も二本松城の門へ取り付くこともできず終わった。

この後も伊達の攻めは、遅々として進まなかった。伊達の兵たちの士気が下がり始めた。

「なにをしておる。さっさと落とせ」

政宗のいらだちが募った。

「先陣をお任せくだされ。必ずや落としてご覧にいれまする」

伊達成実が、願った。

「死ぬ気でかかれ」

一門の将が先頭を進むだけに、兵の気迫も高まる。

「させるな」

畠山の弓が放たれたが、さすがにこう連日だと補給が続かないのか、かなり散発になっていた。

「竹盾は二人で一つでいい。一人は槍を持て」

「おう」

猛将の下に弱卒はいない。徴用された足軽でも、伊達成実の指揮下に入れば、歴戦の兵(つわもの)同様に落ち着いた。

「かかれ」

二本松城の大門が開いた。槍足軽ではなく、騎馬兵の姿が見えた。

「最前列、腰を落とし、槍の石突きを地面へ押し当てろ。騎馬が来る」

すぐに伊達成実が指示を出した。

「おうりゃあああ」

畠山の騎馬武者が叫びながら駆けだした。大声をあげて、足軽たちの動揺をさそう。

「心配せずとも、穂先を突き出していれば、勝手に刺さってくれる。いいか、穂先をぶらすな。目を閉じて、ただ槍を支えていればいい」

安心させるように落ち着いた声で伊達成実が言った。

「えいやああ」

近づいた騎馬武者が槍を振るった。

「ぎゃっ」

数名の足軽が突き殺されたが、騎馬武者も無事ではすまなかった。馬を突き殺されて転んだ者、槍をまともに喰らって死んだ者が幾人か出た。

「逃がすか」

あわてて城へ戻ろうとする落馬した騎馬武者へ伊達成実が襲いかかった。

「死ね」

鎧の腰板の隙間に、伊達成実の槍が食いこんだ。

「うわあ」

騎馬武者が絶叫した。

「今だ、突っこめ。門が開いている、好機ぞ。一番乗りには、存分な褒美をくれてやる」

騎馬武者へ止めを刺した伊達成実が手を振った。

「おう」

膝をついていた足軽たちが、走った。

「門を閉じろ。急げ」

あわてて城門が閉められた。

雪がじゃまをして、迫る伊達勢の手は間に合わなかった。

「くそっ」

「まだ入っていない。頼む、開けてくれ」

代わりに、出撃していた騎馬武者と足軽の一部が見捨てられた。

「すまん」

門のなかから返ってきたのは、小さな詫びだった。

「死ね」

先頭に追いついた伊達成実が、騎馬武者へ槍をつけた。伊達の猛将として知られた成実の槍は、騎馬武者を鎧ごと貫いた。

「わあああああ」

畠山の足軽たちが涙を流しながら、槍を無茶苦茶に振り回して抵抗した。

「おうりゃああ」

伊達の槍足軽が一斉に突いた。

攻めあぐんでいた不満が、残された十名ほどの将と足軽に向けられた。まさに一瞬で二本松城の城門が鮮血で彩られた。

「門を打ち破れ」

伊達成実が声を張りあげた。

「おう」

敵兵の血に酔った足軽たちが、門へ体当たりを始めた。

びくともしなかった城門が、集まってきた足軽の数とともにきしみ始めた。

「させるな。押さえよ。もう少しがんばれば蘆名が来る」

国王丸に代わって城の指揮を執っている畠山の一門、新城盛継（あらきもりつぐ）が叫んだ。城門側の石垣から、残り少ない矢を惜しげもなく遣っての反撃が来た。

「耐えよ、耐えよ。門を破れば、戦は終わったも同然じゃ」

倒れていく足軽を見ながら、伊達成実が督戦した。

城門を巡っての攻防は、一進一退を続けた。

「もたせろ」

新城盛継自らが城門へ身体を当てて、圧力を押し返そうとした。

門が破られれば、二本松城は落ちる。伊達の仕置きのむごさは、城中の誰もが知っていた。なにより、当主の父を殺しているのだ。城中にいる者は誰一人として許されないとわかっていた。

兵だけでなく、城中に残っていた女までが、門を支えた。

「伝令、伝令」

集結している兵たちをかき分けて、若い将が伊達成実の側へ近づいてきた。

「殿よりの伝令でございまする」

若い将が伊達成実の前で背筋を伸ばした。

「なんだ」

戦場の緊張を破られた伊達成実が、睨みつけた。

「殿より、直ちに兵を退き、本陣へ合流せよとの命でございまする」

「なにっ」

聞いた伊達成実が驚愕した。

「ここまで来て退けるものか。死んでいった者たちが浮かばれぬわ。殿のご命とはいえ聞けぬ」

馬鹿を言うなと、伊達成実が拒否した。

「お耳を」

拒否した伊達成実へ、若い将が身を寄せた。

「なんだ」

伊達成実がいらついた。

「蘆名、佐竹の軍勢が岩瀬の須賀川(すかがわ)に集結しておるとの報が届きましてございまする。その数三万」

「三万……待て。須賀川だと。まさか、石川も」

「はい。石川昭光(あきみつ)どの、ご背信」

若い将がうなずいた。

石川昭光は輝宗の弟で、石川氏へ婿養子に入っていた。

伊達にとって近い一門であるが、養家が相馬と縁が深かったことで、一時は敵対していた。しかし、伊達と相馬の和睦を受けて帰属し、田村氏と並んで南の押さえを任されていた。

その石川が裏切った。

伊達は再び四面楚歌に陥った。

「ちっ。あと少しだったものを」

歯がみしながら、伊達成実が退き鉦を鳴らさせた。

## 二　寡軍奮迅

二本松城を包囲していた伊達軍へもたらされたのは、最悪の報であった。常陸（ひたち）国を押さえている佐竹義重（よししげ）が、蘆名、二階堂、結城、岩城などを糾合（きゅうごう）し、二本松への救援に動いた。

「豹変者が」

報せを受けた伊達政宗が吐き捨てたのは、一族でもあり伊達の南の守りを担っていた石川昭光の裏切りであった。政宗の父輝宗の弟で石川家へ養子に入った昭光は、佐竹ら連合軍と対峙するどころか、迎合して政宗へ牙を剝（む）いたのであった。

「一度兵を集め、陣形を立て直さねばなりませぬ」

老練な留守政景が進言した。

「二本松城に籠もる兵は少数とはいえ、腹背に敵を受けては、勝負になりませぬ」

片倉小十郎も同意した。

「このまま父の敵も討たず、戻れと言うか」

政宗がいっそう激した。

「討たぬと申したわけではございませぬ。畠山には、かならず鉄槌を下しましょう。そのためにも、佐竹どもには負けられませぬ」

小十郎が説得した。

「佐竹らが来るまで、まだ十日ほどあろう。それまでに落とせ」

自らの手で父輝宗を殺す羽目になった政宗の怒りは、大きい。理ではわかっても情が許さなかった。

「殿。奥州平定はなさらずともよろしいのか」

落ち着いた声で小十郎が問うた。

「…………」

背筋に水を浴びせかけられたように政宗の顔から赤みが消えた。

「かつて、天下に平定をもたらすと誓われた。これをお捨てになられまするか」

小十郎が詰め寄った。

「それは……」

政宗が口ごもった。

「大殿さまのことは、我ら家臣も骨身を削られるほど悔しゅうございまする。しかし、それも殿が奥州の王となられると思えばこそ我慢できまする。人質を取るようなまねしかできぬ畠山など、いつでも潰せまする。ここは、一度兵をまとめ、態勢を整えたうえで、敵に備えられませ」

「うむ。小十郎の申すとおりでござる」

留守政景も同意した。

「なにより……」

言いかけて留守政景が、二本松城へ目をやった。

援軍来るとの報せは、二本松城にも届いていた。城内の畠山勢の気勢は目に見えるほどあがっていた。

「ほんの少し前まで、畠山の勢は死を覚悟しておりました。それが、今は希望に満ちておりまする」

「……ああ」

それは政宗も認めざるを得なかった。

「その希望を打ち砕いてやりたいと思いませぬか」

留守政景が誘った。

「援軍を蹴散らしてやればよいか」

「はい」

政宗の言葉に留守政景が首肯した。

「さすれば、二本松は落ちましょう。今、頑強に抵抗しておるのは、降伏しても殿が許さぬとわかっておるからでございまする。降（くだ）っても殺されるならば、戦って死ぬ。畠山勢全員がそう考えておればこそ、あの寡勢でここまで耐えられた。しかし、今、三万と号する援軍が来ると聞き、あやつらの胸に生への欲求が復活したはずでございまする。一度生きられるとわかってしまえば、もう死を覚悟することはできませぬ。援軍を我らが蹴散らせば、二本松はもちますまい」

留守政景の説明に政宗はうなずいた。

「もう一枚岩には戻らぬか」

「人は誰もが生きたいと願うもの。援軍がなくなったとき、畠山の家臣のなかに、必ずや殿のもとへ助命を願う者が出て参りましょう」

「わかった。兵を岩角城（いわつの）へ」

政宗が立ちあがった。

「はっ」

一同が散っていった。

「まだなにかあるのか」

一人残った小十郎へ、政宗は問うた。

「黒はばき組をお貸し願いたく」

「何に遣う」

小十郎の頼みに、政宗の目が光った。

黒はばき組とは、伊達の細作（さいさく）衆のことである。黒漆で塗った臑（すね）あてを使用していることから、こう呼ばれていた。家中でもとくに健脚の者が選ばれ、物見などの役目を果たした。

「このような好機を逃すほどはございますまい」

「……鬼義重の留守を喧伝するか」

すぐに政宗が覚った。

「はい。佐竹義重が一万の兵を率いて常陸を留守にする。このような好機を逃すほど、江戸や里見は優しくございますまい」

常陸国で大いに勢威を張っている佐竹家であったが、戦国の倣い、虎視眈々と領土を狙う大名家に囲まれていた。とくに江戸城を根拠とする江戸重通、安房を押さえる里見義頼、奪われた水戸城を回復しようとする大掾清幹らが、表裏を見せながらも、佐竹氏を常陸国から追い払おうとしていた。

小十郎はそれを利用しようとしたのであった。

「だの。存分にいたせ」

政宗は小十郎の策を認めた。

「これだけか」

岩角城で政宗があきれた。

三万近い軍勢の佐竹、蘆名、結城など常陸、南奥羽、会津の諸将が、伊達征伐に集結したのだ。伊達政宗の名前で発した陣触れにもかかわらずほとんどの国人領主たちが応じなかった。結集した兵数は八千にさえ届かないありさまであった。

「愚か者どもが……」

鬼庭左月斎良直が吐き捨てた。

隠居して息子へ家督を譲った鬼庭左月斎であったが、主君であった輝宗の弔い合戦に遅れてはならじと、六十ほどの手勢を率いて参陣していた。

「まあよい。腰の引けた者など、足手まといなだけじゃ」

留守政景が首を振った。

「陸奥と出羽の兵を呼びまするか」

「いや、それはできぬ。大崎と最上は油断がならぬ」

鬼庭左月斎の言葉に政宗は首を振った。

最上は政宗の母義姫の実家であるが、関係はよくなかった。義姫が政宗ではなく弟の小次郎を伊達の跡取りにしようと画策しているからであった。さらに、義姫の兄最上義光は、伊達の内紛につけこんで領土を奪おうという野心を露わに見せていた。大崎も同じであった。隙あらば、南下して領地を増やそうとしている。

政宗は、数千の兵をそれらとの国境に張りつけざるをえなかった。

「小十郎、佐竹どもはどうなっておる」

来ない者を待っている余裕は、政宗にはなかった。政宗は軍議を開始した。

「敵の陣営でございまするが、佐竹義重一万、蘆名一万、白河三千、相馬一千など合わせて三万四千と号しておりまするが、実際は佐竹七千、蘆名八千、その他八千。合わせて二万三千ほどではないかと思われまする」

軍議では、士気をくじかぬよう、味方は多めに、敵は少なく申告する。

「敵軍は前田沢に着陣するものと思われまする」

小十郎が続けた。

奥州街道と会津街道を扼する前田沢には、畠山の将前田氏の居城があった。

「政景、どう思う」

「賊どもは、軍勢を三つに分けるつもりでございましょう。奥州街道を進む本軍、街道を大きく迂回して我らの側面を狙う別働軍、そして前田沢城に残る後詰め」

問われた留守政景が答えた。

「吾もそう思う」

政宗がうなずいた。

「二方より兵を受けては、寡勢の我が軍はもちませぬ」

留守政景が述べた。

「高倉山へ兵を入れ、別働軍を押さえましょう」

伊達成実が提案した。

奥州街道の東、阿武隈川沿いにある高倉山には、伊達の支城高倉城があった。

「それほどの兵は割けぬ。なにより、高倉城は小城。入れても千が良いところよ。そこへ、万の兵が押し寄せれば、ひとたまりもないぞ」

ただでさえ少ない兵を分けるのを、政宗は渋った。

「わたくしめにも千の兵をお預けくださいませ。瀬戸川館に籠もりまする。高倉の兵と合わせこの二千で、別働軍を支えてみせまする」

大きく伊達成実が胸を張った。瀬戸川館は、その名のとおり、阿武隈川の支流瀬戸川に面した支城で、近くに瀬戸川橋がかかっていた。

「殿」

伊達成実が膝を進めた。

政宗と同時に初陣をすませた伊達成実であったが、その武勇は奥州に響いていた。

「……わかった」

政宗は許した。

「となれば、敵の本軍は、この中央の橋を通るか」

絵図面の一カ所を政宗が指さした。奥州街道を横に切る形で東西に流れる瀬戸川には三カ所の舟橋がかかっていた。いくつもの舟を横に並べて繋いだ舟橋は、不安定で大軍を通すに適していない。かといって、川を渡ろうとすれば、衣服が水を吸って動きが重くなるだけでなく、流れの抵抗で満足に走ることもできなくなる。それこそ、弓矢鉄炮の的であった。

「橋を切りまするか」

舟橋は舟と舟を太い縄で繋ぎ合わせ、上に板を敷いただけである。縄を切り離せば、簡単に落とせた。

「いや、それはよろしくございませぬ」

将の提案に小十郎が首を振った。

「なぜだ。川を利用すれば敵兵の動きを鈍らせることができるぞ」

政宗が訊いた。

「こちらが敵と同数、もしくは優っておるならば妙策でございまする。しかし、この度は違いまする。こちらは寡兵。橋をなくすことによって、川の浅瀬すべてに敵兵が散ってしまえば、対応できませぬ。ここは、橋へ敵を誘導すべきでございまする。さすれば狭い橋の上で、大軍はその利を失い、少ない兵でよく持ちこたえることができましょう」

「なるほどの」

理を尽くした小十郎の説明に政宗は納得した。

「瀬戸川の東の橋は、藤五郎に任せた。となれば、我らは中央と、西の橋を守ればよいのだな」

「はい」

「ならば、我らは、この本宮(もとみや)城へ本陣を移す」

政宗が軍配で絵図面を指した。

本宮城は、瀬戸川から北へ半里(約二キロメートル)ほどのところにあった。物見が敵の姿を発見してから出陣しても十分に間に合う。

「ご明察でございまする」

小十郎が首肯した。


十一月十六日、伊達政宗が本宮城へ、佐竹、蘆名らの連合軍は前田沢に布陣した。

戦いは明けた十七日早朝に始まった。

まず、岩城、二階堂を中心とする八千余りの兵が、奥州街道を横切り、阿武隈川沿いにある高倉城へ進軍した。

間をおかず、蘆名、相馬の軍勢が奥州街道を、佐竹義重率いる本軍が、奥州街道の西を山沿いに進んだ。

報告を受けた政宗も本宮城を出て、瀬戸川に近い観音堂山(かんのんどうやま)へと一度陣を移した。

「佐竹の本軍の足を止めよ」

政宗は千の兵で先遣隊を組織させ、進発させた。

「これで、我らが相手するは、蘆名と相馬のみ」

床几(しょうぎ)に腰掛けて政宗が一人呟いた。

戦端は高倉城で開いた。

続いて伊達の先遣隊が、佐竹義重の軍勢と接触した。

「小童の軍など、なにほどのこともなし」

鬼義重と呼ばれた猛将の率いる佐竹軍は精強であった。伊達の兵も奮戦したが、衆寡敵せず、半刻ほどで壊滅した。

「お味方潰走」

伝令が本陣に駆けこんできた。

「殿。わたくしめにお任せを。蘆名と相馬に一あていたして参りましょう」

玉井城から出てきていた白石宗実が、名乗り出た。

「頼んだぞ」

中央の軍勢へ、政宗は白石宗実に五百の兵を預けて、向かわせた。

舟橋を渡って走った白石たちは、瀬戸川から十町（約一千百メートル）ほどのところで、会敵した。

「和議しておりながら、攻め入るとは、卑怯者めが」

白石宗実が相馬勢を罵りながら、突撃した。

「降伏した兵のみならず、女子供まで撫で切りにするような鬼と結ぶ手などないわ」

言い返した相馬勢が対応した。

五百ほどの兵で奥州街道を進んでくる万近い兵の前に立ちふさがるのは、いかに白石宗実が名将でも無謀であった。

一瞬の混乱を先陣に与えたとはいえ、大勢に影響は出なかった。

全滅は免れたが、かろうじて生き残った白石宗実以下数十名の兵は、本陣へと逃げ戻るしかなかった。

「兵を二つに分けよ。一軍は瀬戸川館を襲われよ。残りは我らと合流、中央の舟橋を突破、左右から、観音堂山を挟み撃ちにする」

佐竹義重の伝令が、蘆名、相馬の連合軍へ走ってきた。

「承知」

中央の敵陣が二つに分かれた。

「殿」

敵の動きに焦りを見せる将へ、政宗は顔を向けた。

「瀬戸川館には、藤五郎が入っておる。あのていどの兵に抜かれるものか。我らは中央の敵だけを見ていればよい。左月斎、小十郎」

将を安心させた政宗が、二人を招いた。

「四千の兵を連れて、迎え撃て。決して橋を渡らせるな」

「お任せあれ。佐竹扇の旗印に川は越えさせませぬ」

左月斎が請け合った。

「行って参りまする」

小十郎が静かに頭を垂れた。

「頼むぞ」

千ほどの後詰めとともに、政宗は戦場を見渡せる本宮城へ戻った。

「左月斎どの」

「わかっておる。ここが死にどころじゃ。いざとなれば、片倉、おぬしが殿を引っ担いでも米沢へ戻れ」

声をかけた小十郎へ、左月斎がうなずいて見せた。

「そうは参りませぬ。殿を担いで逃げるのは、他の者の仕事でござる。わたくしめは、佐竹の鬼をここで防ぐのが任」

小十郎が首を振った。

「たわけたことを言うな。儂と違っておぬしや殿は若い。まだまだ先がある。ここで一敗地にまみれようとも、勝敗は武将の常。生きてさえおれば、奪われた領地も取り返せる」

「ではございましょうが……」

「聞き分けのないやつよな。おぬし以外に、誰があの殿を押さえられる。それに、もしここで、おぬしが死ねば、殿は悪鬼となるぞ。父と兄代わりの守り役。殿にとって、誰よりも大切な者であろう」

「……………」

諭されて小十郎は沈黙した。

「小手森城の撫で切りは、殿の覚悟を示されたという意味があった。しかし、今後の戦いでも同じことをやれば、もう、奥州の大名たちは殿に降ることをせず、死ぬまで戦うことになろう。それは戦を長引かせ、無駄に兵の命と矢玉を費やすだけじゃ。

それくらい、おぬしもわかっておろうが」

「……はい」

左月斎の話に小十郎は同意した。

「ならば、生きよ。殿の奥州平定には、片倉や伊達成実のような、若い者が要り用なのだ。死ぬのは、儂のような年寄りだけでいい。なに、気にするな。儂は大殿に先立たれてしまって、死ぬ機を逃してしもうたのだ。ここで、追いついておかねば、大殿に忘れられてしまいかねぬ」

晴れ晴れとした顔で左月斎が笑った。

「左月斎どの」

「ということじゃ。おぬしは橋をふさぐことだけ考えよ。敵のなかへ突っこむは、儂の役目。かまえてじゃまするなよ」

左月斎が厳しい目つきで小十郎を睨んだ。

「こればかりは、相手のあること。お約束いたしかねまする」

小十郎が言い返した。

「ふん。生意気を言うわ」

鼻先で小十郎をあしらった左月斎が、馬に蹴りをくれた。

佐竹義重の率いる七千と、その配下となった白河の三千、そして蘆名勢の五千、合わせて一万五千の大軍が、瀬戸川中央にかかる舟橋へと殺到した。

「通させるものか。弓隊、放て」

左月斎の合図で、伊達の先陣から弓矢が飛んだ。

「あぎゃああ」

「うわああ」

たちまち連合軍の先頭を走っていた兵の何人かが、射貫かれて絶叫した。

「応戦せい」

佐竹義重が軍配を振った。

対岸に連合軍の弓隊が拡がり、矢を撃ちかけてきた。

「盾を頭上に掲げよ」

小十郎が叫んだ。かつての戦いの経験から、伊達勢は竹を束ねて作った竹盾をいつも用意していた。

幾人かに損害は出たが、伊達の陣形に影響は出なかった。

「力押しに押せ。相手は小勢じゃ。橋を渡れば、我らの勝利ぞ」

連合軍が、しゃにむに橋を駆けてきた。

「槍隊、前へ」

伊達の長柄槍隊が、橋のたもとにふすまを作った。

「うおおおおお」

雄叫び(おたけび)をあげて連合軍の兵たちが襲いかかって来た。

「目を閉じよ」

左月斎が槍隊に命じた。

相手の形相に足軽たちが飲まれてしまうのを避けるためであった。

「今じゃ、突きだせい」

大声で左月斎が叫んだ。

「ぎゃあああ」

「ぐえええ」

槍に貫かれて、連合軍の兵が死んだ。しかし、それでも勢いは止められなかった。

死んだ味方の身体を踏みこえて、連合軍の兵が迫った。

「槍を捨てて、下がれ」

相手の身体に食いこんだ槍を抜いている間はないと左月斎が、長柄槍隊を下げた。

「鉄炮放て」

じっと戦況を見ていた小十郎が、鉄炮を撃たせた。

鉄炮は一発撃てば、次までに手間がかかる。連発することは難しい。小十郎は遠距離で無駄弾を撃つより、必中を狙った。

伊達の先陣に襲いかかろうとしていた連合軍の兵が、数十人吹き飛んだ。

「今じゃ。吾に続け」

左月斎が手勢六十名ほどを率いて、突っこんだ。

「ほい、やれ」

軽妙なかけ声を出しながら、左月斎が槍を縦横に振るった。

しかし、衆寡敵せずは、真理であった。

破綻(はたん)は、高倉城から始まった。

十倍近い敵を支えていた高倉城が、ついに落ちた。北上の障害を取り払った岩城、二階堂を中心とする一軍が、一気に伊達成実の籠もる瀬戸川館へと殺到した。

「烏合(うごう)の衆など万来ようが、我らの敵ではない」

すでに四千の敵兵を引き受けていた伊達成実が、うそぶいた。猛将の下に弱卒なしを体現するような戦い振りで、瀬戸川館に籠もる伊達の兵は支えたが、とうに限界を越えていた。兵たちの疲労は限界に近づいており、崩壊は誰が見ても間近であった。

「…………」

政宗が強く唇を噛みしめた。援軍を出してやりたくとも、後詰めには千しかいない。次から次へと新手を繰り出せる連合軍と違い、伊達に余力はほとんどなかった。

「藤五郎、もってくれ」

祈るような政宗の思いは届かなかった。

かなり粘った先陣だったが、昼過ぎ、ついに押しこまれた。連合の兵の一分が、ついに橋を渡りきったのだ。

「まずい」

本陣から見ていた政宗は、思わず腰を浮かした。

橋を渡った川岸を確保されてしまえば、いくらでも連合軍は兵を送りこめる。城攻めではない平原での戦いとなれば、純粋に数がものを言った。

「出るぞ」

政宗は、最後の兵を率いて、小十郎たちの救援へ向かった。

「殿が動いた」

すぐに小十郎が気づいた。

「辛抱おできにならぬお方じゃ」

左月斎が近づいてきた。

「…………」

身体中から血を流している左月斎に、小十郎が息をのんだ。

「よいか、きっと殿を生かしてくれよ。でなくば、儂は泉下で大殿に合わせる顔がない」

「承知つかまつった」

小十郎が引き受けた。

「あと、もう一つ。息子綱元（つなもと）のことをな。頼む」

最後に父の顔となった左月斎が、頭を下げた。

「しかとお引き受け申しました」

強く小十郎が首を縦に振った。

「これで思い残すこともなくなったわ。我らが敵の中をかきまわす。おぬしはその後に続いてくれ。橋まで敵を押し戻す。その後は殿を引っ張ってでも連れて逃げよ」

満足そうにほほえんで、左月斎が背を向けた。

「者ども、儂の最後につきあってくれい。参るぞ」

「おう」

鬼庭家の家臣たちが唱和し、左月斎を先頭に舟橋へと突撃した。

「ここが切所(せっしょ)じゃ。皆奮え。殿が来られる前に敵を押し返せ」

小十郎も続いた。

## 三　虎口脱出

援軍というのは、数が少なくとも味方の士気を鼓舞する。

片倉小十郎の陣が突破されようとしたとき、伊達政宗は本陣を動かした。すでに伊達家の余力は使い果たし、率いる兵はようやく千をこえる程度しかいなかった。

「者ども、吾に続け」

先陣をきる政宗の勢いに、伊達の兵たちは酔った。明らかにわかる不利な状況にも、兵たちは怯えることなく駆けた。

「殿の御前じゃ。働きを見せるは今ぞ」

主君の気迫に股肱の臣も応えた。

「ええい、重くて面倒じゃ」

先鋒にいた鬼庭左月斎が、鎧兜を脱ぎ捨てた。身を守るものを外す。これは生きて帰る気がないと宣したも同然であった。

「やれ、大殿に先をこされては、我らは脱げませぬな」

左月斎に従っていた鬼庭家の家臣が苦笑した。

「うむ。儂を鬼佐竹のもとまで届けてくれい」

家臣たちに盾となってくれるよう、左月斎が頼んだ。

「よいか、伊達の殿が、矢を放たれたときこそ、機ぞ」

「承知」

崩れそうになりながらかろうじて耐えている槍足軽たちの後ろで、鬼庭勢がうなずいた。

「味方に当てるな。遠矢を放て」

政宗が命じた。

百ほどの弓足軽が、進撃の足を止めて、矢を放った。

「ぎゃっ」

「うわあああ」

狭い舟橋の上でひしめき合っている連合軍へ、矢が突き刺さった。

「ひるむな。あと少しで伊達を押し切れる。すでに先頭は橋を渡った。退くな、味方を見殺しにする気か」

佐竹の将が、大声で叫んだ。

「今ぞ。者ども、狂え」

左月斎が、手にしていた槍を天へ向かって突きあげた。

「おうよ」

度重なる戦いで数を減らし、五十名を割った鬼庭勢がひとかたまりとなって突撃した。

「雑兵ばらめ、じゃまだ」

生還を捨てた死兵の勢いは、たちまちにして舟橋を渡っていた連合軍の足軽たちを蹴散らした。

「取りこぼしは、小十郎に任せよ。我らは前へ進むのみ」

槍で足軽を一突きにした左月斎が、手を振った。

「えい、えい」

周囲は敵ばかりである。同士討ちを考慮しなくてよい鬼庭勢は、あたるを幸いに敵兵を蹂躙した。錐のように鬼庭勢は、鋭く突き進み、橋の対岸近くまで到達した。

「少数になにをしておる。包みこめ」

焦った佐竹の将が、指示した。

敵味方入り乱れての混戦となれば、弓矢や鉄炮などの飛び道具は、遣えなくなる。

また、狭い橋の上では、大軍の展開も難しい。

しかし、勢いはいつまでも続かなかった。

対岸に近づけば近づくほど、連合軍の厚みは増す。ついに鬼庭勢の足が止められた。

「ぐっ」

「おのれ」

先頭にいた武者たちが、次々と倒れ伏していった。

「佐竹義重、鬼庭左月斎が戦いを所望する」

家臣たちに守られて左月斎は、一歩でも前へと槍を繰り出した。

「申しわけ……」

前にいた最後の家臣の腹に槍が突きたった。

「次郎右衛門」

長年付き従ってくれた家臣の最期に、左月斎が絶句した。

「先に逝(い)っておれ」

左月斎が、小さく呟いた。

「吾が黄泉(よみ)の旅路の供に、そなたたちでは不足なれど、つきあってもらうぞ」

大きく左月斎が槍を振った。

老人とは思えない威力に連合軍の兵の腰が引けた。

「おうりゃあ」

槍の一薙(な)ぎで、二人の足軽が弾きとばされた。

「今少し、もう少し」

左月斎が身を乗り出した。そこへ、槍が来た。

「ぐうっ」

鎧下だけの左月斎を槍はあっさりと貫いた。

「ここまでのようじゃの」

左月斎が後ろを振り返った。伊達の紺無地の旗印が、舟橋のたもとで翻っていた。

「吾は死んでも、家は残る。よき一生であったわ」

突き刺さった槍を左月斎が摑んだ。

「ひっ、鬼」

左月斎を刺した将が、槍の動きを封じられて、顔色を変えた。

槍を深く身に受けながら、自ら左月斎が前へ出た。

「鬼庭左月斎を討った功名を地獄で誇るがいい」

怯えている将へ抱きつくと、左月斎は川へ身を躍らせた。

「大殿」

冬の川に沈んだ左月斎の姿に、残っていた鬼庭家の兵たちが悲愴な声をあげた。

「くされどもがあああ」

主君を失った鬼庭家の兵が暴れた。連合軍の兵たちへと無防備に襲いかかった。

生死を捨てた兵の力は、敵を一歩下げさせるほどであった。だが、それもほんの一時であった。寡勢で多勢にかなうはずもなく、倍する敵を葬った鬼庭勢は、一人も背を向けることなく壊滅した。

「押し返せ」

左月斎たちが作った機会を逃すほど、政宗は愚かではなかった。

「小十郎、舟橋の渡り口を押さえよ」

「承った」

小十郎が、兵を率いて舟橋を渡りきっていた連合軍の兵へかかった。

「弓隊、鉄炮隊、左右に拡がり、舟橋の上にいる敵を射よ」

政宗が軍配を振った。

「左月斎の命、無にするな」

分断された形になった連合軍の兵たちが混乱した。

伊達を排すべしとして組んだ連合軍であるが、連携は十分ではなかった。一度退いて態勢を整えなおそうとする一軍があれば、しゃにむに突っこんで伊達を押し切ろうとする者たちがいる。狭い舟橋で統一されない動きは、大軍の威力を大きく減じていた。

「川へ追い落とせ」

舟橋を降り、川岸に拡がり始めていた連合軍の兵へ、小十郎が突っこんだ。

「その見事な拵え、一廉の武将と拝見した。吾と戦え」

連合軍の将が、小十郎の姿に勇躍した。

「…………」

返答もせず、馬上から小十郎は槍で突いた。

「ぐえっ」

馬に乗ったままでは、橋を渡りにくい。徒(かち)で挑んだ連合軍の武将は、あっさりと討たれた。

「たもとで溜まるな、左右へ拡がれ、後続の味方に道を空けよ」

冷静に対応している連合軍の将がいた。

「鉄炮を貸せ」

政宗が手を出した。

「はっ」

近侍が、火のついた鉄炮を政宗へ渡した。

「馬を押さえよ」

政宗が鉄炮を構えた。

「…………」

火縄の臭いをゆっくりと肺へ満ちさせた政宗は静かに引き金を落とした。

轟音とともに、指示を出していた連合軍の将が吹き飛んだ。

「どうどう」

近侍が轟音に驚いた政宗の愛馬を宥めた。

鉄炮の欠点は二つあった。一つは連射できないこと、そしてもう一つが馬を驚かせてしまうことであった。

馬は繊細な動物である。弓の出す弦音でさえ、落ち着かなくなる。鉄炮は、弓の数倍以上も大きな音を出す。鉄炮を戦に組みこむには、射手の鍛錬よりも馬の訓練がたいへんであった。

とくに奥州の軍勢は騎馬を戦いの主力としている。奥州でそれほど鉄炮が広まらないのは、一挺あたりの値段が高いことに合わせて、馬の問題があった。

伊達家は早くから織田家と誼をつうじていたおかげで、他家に比べ鉄炮を入手するのは早く、その有用性に気づけた。その分、騎馬の訓練も進んでいたが、それでも完全に御しきれているとは言い難かった。

「あれに敵将がいるぞ」

見事な狙撃をしてのけた政宗に、敵兵たちが気づいた。

この合戦最大の手柄を目にした武者たちの目つきが変わった。政宗の首を取れば、功名第一、褒賞は思うがままである。

「射よ、射よ」

連合軍の兵が慌ただしくなった。

功名だけではない。政宗を仕留めれば、この戦は終わる。戦場で命を懸ける兵たちにとって、なによりの褒美であった。

獲物を前にして兵たちが逸(はや)り、小十郎の攻勢に耐えていた陣形が崩れた。

「今ぞ、突っこめ」

政宗が馬の腹を蹴った。

「無茶な」

主君の行動に小十郎があきれた。

「ええい。殿が来るまでに片付けるぞ」

小十郎が兵たちを急がせた。

政宗の兜に矢が当たる。

「ぐっ」

鎧の右肩に鈍い衝撃が伝わった。

舟橋の上から鉄炮に撃たれたが、幸い、距離があったため弾は鎧にへこみを作っただけで終わった。

「殿をやらせるな」

後詰めの兵は戦いに参加していなかっただけに、疲労していない。政宗を抜き去って、敵兵へ挑みかかった。

「まもなく味方が来る。それまで……」

鼓舞していた将が、小十郎の槍に貫かれた。切所と心得ている伊達軍は、餓狼のごとく川岸に取り残された形となった連合軍へ嚙みついた。

千ほどの兵だったが、拮抗を崩すには十分であった。あっという間に連合軍の兵士たちが倒されていった。

「嫌だああ」

連合軍の足軽が恐慌に陥った。勝ちにのっていればこそ、人は興奮して恐怖を忘れられる。頭にのぼっていた血が降りれば、己の置かれている状況が嫌でも目に入った。血を噴いているのは、味方の兵ばかり、そして迫ってくる鬼のような形相の敵。農閑期に徴用されただけの百姓足軽には、戦場で名をあげ、家を興そうという気概もなければ、死ぬだけの覚悟もなかった。

一人が逃げ出せば、戦は終わりであった。

恐怖はたちまち伝播し、連合軍に属していた足軽たちが背を向けた。

「戻れ、戻らぬか」

「逃げる者は斬るぞ」

太刀を抜いた将たちの威嚇も効果はなかった。

ここにも寄り合い所帯の弱さが出た。

己の国の足軽ならば、敵前逃亡で誅殺できた。しかし、それが他国の兵となると、勝手に手出しするわけにはいかなくなる。一つまちがえば、戦の原因ともなりかねないのだ。

多大な犠牲を出して、やっと手にした対岸の地を連合軍は放棄するしかなくなった。

「殿、今のうちにお退きなされよ」

政宗の側に来た小十郎が、促した。

「まだ戦は終わっておらぬ」

なんとか追い返したとはいえ、舟橋の付近では、逃げ遅れた連合軍と伊達勢の小競り合いは続いていた。

「殿がおられるゆえ、終わらぬのでござる」

小十郎が言った。

「主君が見ておられるところで、槍を引けまするか」

「このまま、舟橋を確保しておくべきであろう」

戦況が有利に動いているのを確認して、政宗は口にした。

「左月斎どのの死、その意味を無にされるおつもりか」

馬をぶつけるほど近くに、小十郎が迫った。

「な……なにを」

一瞬、政宗はたじろいだ。

「このままでは負けまするぞ」

戦場でもっとも忌むべき言葉を小十郎が口にした。

「左月斎どののおかげで、なんとか押し返しましたが、これはいっときのこと。敵が落ち着きを取り戻せば、それまででござる」

小十郎が対岸を指さした。

「あちらには、まだあれだけの兵がございまする。殿、後ろをご覧なされ」

「…………」

政宗は苦い顔をした。

「ご覧なされよ」

強く小十郎に言われ、渋々政宗は振り返った。

「兵はおりまするか」

「おらぬわ」

「おわかりでございましょう。我らにもう余力はございませぬ」

「くっ」

真実は小十郎の声をまとって、政宗の胸に刺さった。

「ここで我を張れば、伊達は滅びまするぞ」

「吾がここで死んでも、小次郎がおる。伊達の血は残る」

政宗は詭弁を弄した。

「小次郎さまで伊達がもつとでも」

冷ややかな目で小十郎が政宗を見た。

「……………」

「思ってもおられぬことを口になされませぬよう。小次郎さまが当主となられれば、伊達は最上の傀儡となりましょう」

政宗と小次郎の母義姫は、最上家から嫁に来た。義姫は、幼いころ患った疱瘡の跡が残る政宗を嫌い、小次郎を溺愛した。父輝宗の裁定で伊達の当主は政宗と決まったが、義姫は納得しておらず、なんとかして小次郎を立てようと、実家の最上家を頼っていた。最上も伊達の勢力を支配下における好機と見て、なにかと策を巡らしている。そんなおり、政宗が戦死すれば、国力の落ちた伊達は、最上にすがるしかなくなる。小次郎は名ばかりの当主となり、伊達は最上の家臣となりかねない。

「この戦、殿が生きておられれば勝ちなのでござる。あの者どもも、伊達の領土まで攻め入ることはできませぬ。佐竹に白河、相馬に蘆名、二階堂に畠山。手を組んでおりまするが、それぞれの思惑は違いまする。誰もが己の傷は浅く、手にする利は多くと考えておるはず。もし、この戦で伊達の領土を奪えたとして、誰のものにいたすのでございまするか。二階堂も大内も蘆名も欲しがりましょう。いや、誰のものとなったところで、納得はいきますまい。なにより、佐竹が許しませぬ。佐竹と伊達は直接境を接しておりませぬ。つまり、佐竹の手には絶対入らぬのでございまする。手にした者が強くなる。今は手を組んでいても、明日は敵となる。それが乱世。明日の敵を太らせるほど、佐竹義重は甘くありませぬ」

「得する者を出さぬか」

「はい」

政宗の確認に小十郎が首肯した。

「佐竹の思惑は、頭角を現してきた殿への威嚇でございましょう。これ以上南下するなとの警告」

「吾が下がれば、佐竹も退くか」

「佐竹に、長く軍を出すつもりはありますまい」

小十郎が述べた。

「関東には、辛抱のできぬ輩が多いと聞きますれば」

「……黒はばき組か」

戦の前に小十郎が、黒はばき組を遣いたいと願ってきたことを政宗は忘れていなかった。

黒はばき組を遣って、佐竹義重の留守と一万の兵がいないとの噂を小十郎が流している。他国の火消しに来て、我が家が燃えては本末転倒である。なにかあれば佐竹はすぐに踵を返すと主従二人は読んでいた。

「わかった。岩角城まで下がる。観音堂山は、そなたに任せる」

政宗が馬首をかえした。

「承知」

小十郎がうなずいた。

舟橋を放棄して下がった伊達勢を追って、連合軍が来襲、猛攻を加えたが、観音堂山の陣は堅く、一日で抜くことはできなかった。

日が暮れるとともに、連合軍は舟橋の向こうへと引きあげた。敵地で野営するのは、地の利を相手に与えることになる。激戦の夜は、兵の疲れも激しく、夜襲などを受けては思わぬ被害を出しかねない。

「ひとまず助かったな」

敵兵が手にしている松明(たいまつ)の火が遠く消えていくのを見て、小十郎は肩の力を抜いた。

「殿のもとへ行ってくる。かならずここを守り、なにがあっても兵は出すな」

堅く命じて小十郎は岩角城へと向かった。

岩角城では、政宗が兵たちを鼓舞していた。

「敵は大軍たれど、烏合(うごう)の衆なり。明日こそ決戦の場、ただひたすら、将の首を狙い、雑兵どもは打ち捨てて進め。勝利の前祝いである。疲れを休め、明日への英気を養うがいい」

政宗は酒を兵たちに配った。

「殿」

「小十郎か。そなたも飲め」

盃を政宗が押しつけた。

「観音堂山へ戻らねばなりませぬゆえ」

小十郎が断った。

「ふん」

つまらなそうに政宗が、盃を呷(あお)った。

「どうだ」

「敵は前田沢まで下がりましてございまする」

「さすがは、鬼義重よな。橋よりこちらで夜営したならば、一当てしてやったものを」

政宗が笑った。

「もつか」

「難しゅうございまする。耐えて、明日一日かと」

表情を引き締めた政宗へ、小十郎が答えた。

「そうか」

「観音堂山が落ちたならば、殿には米沢までお戻りくださいますよう。決して、兵を前に出されますな」

小十郎が告げた。

「…………」

「殿の意地など不要でござる」

「遠慮のないやつめ」

生まれたときから守り役としてついてくれている小十郎は、政宗にとって兄のようなものであった。

「わかった。左月斎とそなたの仇討ち(あだうち)は、後日にする」

「仇討ちなどどうでもよろしゅうございまする。些末なことにとらわれず、奥州制覇を目指されませ。今日の、そしてこれからの戦いで命を落とす伊達の者は、その日まで決して成仏いたしませぬ」

「それを背負えと言うか」

「背負ってこそ主君でございまする」

「虎哉宗乙師といい、小十郎といい、吾のまわりは厳しい者ばかりよ。なるほどの、仇討ちなど意味がないか。父の死からこちら、吾は夢を忘れていたようだ」

「殿……」

小十郎がほほえんだ。

「もたぬと思えば、逃げよ。小十郎、そなたは、吾の夢に要る」

「お約束はいたしかねまする。では」

一礼して小十郎が去った。


翌朝、観音堂山で籠城戦の用意をしていた小十郎は、いつまで経っても敵兵が現れないことに首をかしげた。

「黒はばきの者はおるか」

「これに」

黒い臑あてを身につけた兵が二人、膝をついた。物見を得意とする黒はばき組は、どこの陣にも配されていた。

「敵陣の様子を見てきてくれぬか」

「承った」

黒はばき組の二人が、観音堂山を出て行った。

半刻ほどで戻ってきた黒はばき組の報告は、小十郎を啞然とさせた。

「一兵もいないだと」

「おそらく夜中に引きあげたものと思われまする。竈の熱は冷めきっておりました」

「そうか……。疲れているところをすまぬが、岩角城の殿のもとへ報せてくれ」

小十郎は黒はばき組を政宗のもとへと向かわせた。

聞いた政宗は絶句した。

「一夜のうちに引きあげただと」

「と思われまする」

見てきた詳細を黒はばき組が語った。

「夜食を摂った跡はございましたが、用便をすませた様子はございませなんだ」

戦闘中に排便する余裕などはない。

戦っている最中、小便は垂れ流す。だが、さすがに大便となるとそうはいかなかった。討ち取られたとき、下帯が大便で汚れているのは、武士としての恥である。それを避けるため、陣を払う前に用便を終えておくのが心得とされていた。その跡がない。敵はかなり前に陣を払ったと考えられた。

「小十郎の策が効いたか」

政宗が呟いた。他に考えようはなかった。あきらかに連合軍が優勢なのだ。もう一度攻められれば、観音堂山は落ちる。そうなれば、政宗は阿武隈川の向こうまで退くしかなくなるのだ。二本松城を救い、畠山氏の奪われた所領を取り返すという連合軍の目的が、まさに果たされる寸前で潰(つい)えた。

「ご苦労であった。しばし休め」

黒はばき組の二人を政宗はねぎらった。

「使い番はおらぬか」

「これに」

母衣(ほろ)を身につけた武者が、政宗の前で片膝をついた。軍令を伝えるとなると、黒はばき組では身分が軽かった。

「瀬戸川館、観音堂山へ詰める兵を残し、岩角城へ引きあげるようにと伝えよ」

政宗が使い番へ命じた。

「ただちに」

使い番が、母衣をなびかせて駆けていった。

「虎口を脱したか」

一人になった政宗は、安堵の息をついた。

後、一つの橋を巡って敵味方千数百の兵が死んだことから、人取り橋の合戦と呼ばれた伊達家存亡の危機、その幕切れは、あまりにあっさりとしたものであった。

二〇一四年　光文社刊

本書は光文社より刊行された作品に、「歴史人」（ＫＫベストセラーズ刊）二〇一一年二月号〜二〇一四年一月号に連載された内容を加えた上で、著者が大幅に加筆修正した作品です。

《地図等作成参考資料》

『図説　伊達政宗』（河出書房新社）
『伊達政宗　奥州より天下を睨む独眼龍　新・歴史群像シリーズ⑲』（学研）
『伊達政宗』（吉川弘文館）
『伊達氏と戦国争乱』（吉川弘文館）

光文社文庫

長編歴史小説
鳳雛の夢(上) 独の章
著者 上田秀人

2017年11月20日 初版1刷発行

発行者 鈴木広和
印刷 萩原印刷
製本 ナショナル製本

発行所 株式会社 光文社
〒112-8011 東京都文京区音羽1-16-6
電話 (03)5395-8149 編集部
8116 書籍販売部
8125 業務部


ISBN978-4-334-77550-6 Printed in Japan



組版 萩原印刷